Doris Safra
So war's damals

AF201303

Books on Demand

Bibliographische Information der Deutschen Nationalbibliothek. Die Deutsche Nationalbibliothek verzeichnet
diese Publikation in der deutschen Nationalbibliogra-
phie, detaillierte bibliographische Daten sind im Internet
über http://dnb.dnb.de abrufbar.

© 2018 Autor: Doris Safra
Herstellung und Verlag:
BoD – Books on Demand, Norderstedt
ISBN 9783746019277

Doris Safra

So war's damals

Inhalt

Eine kleine Einleitung

Vor etwa 20 Jahren begann ich meine Erinnerungen aufzuschreiben. Irgendwie fühlte ich mich gedrängt dazu, sogar verpflichtet, Längstvergessenes wieder heraufzuholen, um es nicht verloren gehen zu lassen. Zwar beschrieb ich mein persönliches Erleben, aber gleichzeitig informieren meine Aufzeichnungen über die damaligen Ereignisse und gewähren Einblick in die Lebensweise und Mentalität dieser Zeit.

Als erstes schrieb ich über den Krieg, den ich als heranwachsendes Mädchen sozusagen als Zeitzeugin erlebte.

Später erzählte ich von meiner Jugend vom Moment meiner Geburt an, (*Ein Leben lang*) zu einem grossen Teil den Erzählungen meiner Mutter und Tanten folgend. Ein weiterer Bericht (*Werdegang einer Augenärztin*) wurde im Opthalmologischen Monatsmagazin **Ophta** veröffentlicht. Schliesslich beschrieb ich die Jahre in Israel, (*Leben im jungen Israel*), wo ich, beginnend kurz nach der Staatsgründung, über 20 Jahre lebte.

Zum Teil überschneiden sich die Berichte, vor allem *Werdegang einer Augenärztin* und *Leben im jungen Israel*. Ich habe es so belassen, denn die sich überschneidenden Berichte erscheinen in einem verschiedenen Kontext.

Ein Leben lang

Sechsunddreissig

Das Licht der Welt, das ich zuerst erblickte, waren die Glühlampen des Gebärsaals im Frauenspital in Bern.

Es war an einem Freitag vor Sabbath-Eingang, bei Neumond, am ersten Tag des jüdischen Monats Elul, und ich erhielt die Nummer Sechsunddreissig um das Handgelenk gebunden. All das deutete Mama als günstige Vorzeichen für mein Leben.

Elul ist der Monat vor dem Neujahr, da nach dem jüdischen Glauben im Himmel über das Schicksal des Menschen im kommenden Jahr entschieden und ins himmlische Buch eingeschrieben wird. Dabei bereitet sich der Mensch auf den Versöhnungstag nach Neujahr vor, da er Gott und seine Mitmenschen um Verzeihung bittet und selber verzeihen will.

An der Zahl sechsunddreissig haftete für Mama etwas Mystisches an. Es war eine Art heilige Zahl für sie. Sechsunddreissig ist zwei Mal achtzehn und achtzehn in hebräischen Lettern geschrieben bedeutet „lebend". Also stand mir ein langes Leben bevor. Ausserdem stehe die Welt auf sechsunddreissig Gerechten, heisst es in den talmudischen Schriften; auch wenn die ganze Welt voller Sünder ist, wird sie Gott erretten , wenn noch sechsunddreissig Gerechte übrig geblieben sind. 36 heisst auf hebräisch Lamedwaw, ein Gerechter wird im Volksmund Lamedwawnik genannt.

Mama starb nach einem Verkehrsunfall in ihrem einundsiebzigsten Lebensjahr. Sie wurde in Jerusalem auf dem Friedhofabteil Lamedwaw begraben.

Erste Bekanntschaften

Mama musste sich vor der Geburt gefürchtet haben, so dass sie in der teuren Privatabteilung gebären wollte, obschon meine Eltern arm waren und es sich schlecht leisten konnten. Geburtshelfer war Prof.Guggisberg, was mir fünfundzwanzig Jahre später eine Vier in Geburtshilfe beim Staatsexamen einbrachte. Die Note war ungerecht und verunzierte mein sonst mit Fünfern und Sechsern ausgestattetes Zeugnis. Bis heute verstehe ich nicht, warum er mich nach der ersten Prüfung, bei welcher er mir eine Sechs gegeben hatte, fragte, wo ich geboren sei und warum sich sein Gesicht verdüsterte, als ich in reinem Berndeutsch prompt antwortete:" Bei Ihnen, Herr Professor¨. Hatte er etwas gegen Frauen, die Medizin studieren und im dritten Schwangerschaftsmonat Staatsexamen ablegen? Und hätte er mir verziehen, wenn ich irgendwo anders, etwa in Italien oder in einem Land des Nahen Ostens geboren wäre? Er war auch im Alter noch ein gut aussehender Mann, mit seinem schlohweissen Haar auf dem typischen runden Berner Schädel und der fein geschnittenen Nase Er hatte etwas von einem Grandseigneur des 19. Jahrhunderts an sich, wenn er in der Tracht der Chirurgen seiner Zeit, dem schneeweissen Anzug und den schwarzen Pumpsschuhen, gefolgt von einem ehrfürchtigen Schwanz von Oberarzt und Assistenten den Hörsaal betrat.
Es war sein letztes Lehrsemester, das letzte Examen, das er abnahm, und ich eine seiner letzten Studentinnen - und er meine erste Bekanntschaft.

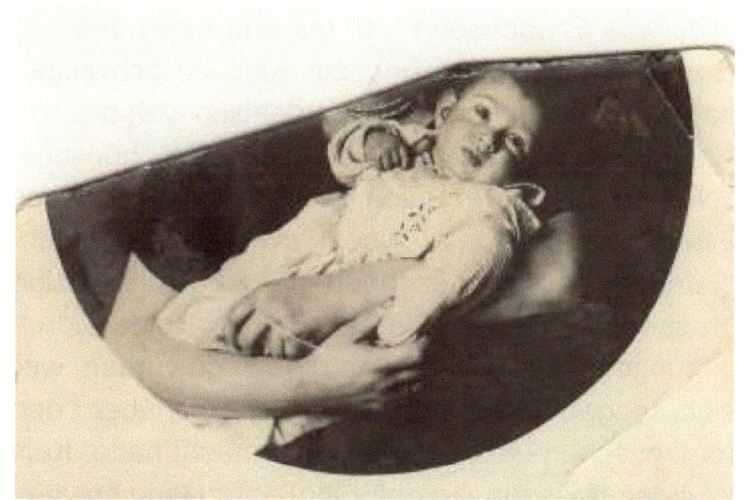

Meine zweite Bekanntschaft war Mamas Freundin Ida, mit zwei oder drei Monaten. Die Hebamme hatte mich in ihre Arme gelegt. Die Neugier war angeboren. Kaum hatte sie mich aus der Wärme ihres Bauches herausgepresst, so erzählte Mama, öffnete ich die Augen und sah mich neugierig im Gebärsaal um, anstatt Idas verzückte „Schätzeli, Mutzeli, Butzeli" zu würdigen und ignorierte sie arrogant.. Was mir Ida scheinbar nie verzieh.

Während meiner ganzen Kindheit bedachte sie mich mit höhnischen Bemerkungen und Kritteleien. Eigentlich war das gar nichts Aussergewöhnliches in der damaligen Zeit. Viele Erwachsene zeigten ihre Sympathie für Kinder, indem sie sich über sie lustig machten. Kinder durften nicht beleidigt sein, und wenn schon, dann war es eben gut für die Erziehung. Vor allem Männer manifestierten ihre Kinderliebe gerne mit einem kräftigen Kniff in die Backe. Noch heute bedaure ich, dass mein kleiner Fuss so einem Kneifer nicht kräftig ins Schienbein getreten hat. Aber man wurde eben gelehrt, dass alles was Erwachsene tun, gut und heilig und von Gott abgesegnet sei und ein Kind zu schweigen hatte, auch wenn die Backe ordentlich weh tat.

An Ida erinnere ich mich als eine hübsche, schwarzhaarige Frau von gedrungener Gestalt mit einem mächtigen, zu einem ansehnlichen Hochplateau zusammengeschnürten Busen. Ihre einzige grosse Liebe im Leben hatte sie mit „Holde Aida.!" besungen: Doch war nichts daraus geworden, weil sich angeblich mein Onkel Josef, über den romantischen Liebhaber lustig gemacht hatte. Kein Wunder, dass Ida ihn dafür ihr Lebtag lang hasste.

Ida führte eine kleine Pension mit Mittagstisch. Sie kochte vorzüglich, ihre Hühnersuppe war eine Legende. Doch als Ida einmal ironisch bemerkte. "Doris liebt Idas Suppe, aber Ida selbst hat sie nicht gerne", weigerte ich mich fortan davon zu essen.

In jüngeren Jahren war Ida Gouvernante bei einer englischen Familie gewesen. Gerne zitierte sie Aussprüche ihrer früheren Arbeitgeber auf Englisch. Mama, ein aussergewöhnliches Sprachtalent, das deutsch und französisch perfekt und akzentfrei und italienisch recht gut sprach, wollte von Ida auch englisch lernen. Sie sprach ihr englische Wörter nach und versuchte ihren Akzent nachzuahmen. Mich erinnerte dieses Englisch ein wenig an das Miauen einer Katze, und bis ich nicht selber im Gymnasium englisch lernte, war ich überzeugt, dass das Wort „yes". etwa wie „jeeaahs" gesungen werden musste.

Mit Mama und Papa ca. 4jährig.
Die Kleidermode kehrt immer nach einigen Jahren
zurück.

Geburtstag

An meinem dritten Geburtstag erhielt ich drei Geschenke. Offenbar konnte ich damals auf drei zählen, denn ich nahm an, dass die Anzahl der Geschenke mit den Geburtstagsjahren übereinstimme.

Die drei Geschenke bestanden aus einem Paar brauner Halbschuhe mit Schnürsenkeln, einem Springseil und einer Ente aus Zelluloid. An den Schuhen fesselten mich die Schnürsenkel und ich machte mich gleich an ihnen zu schaffen, sonst waren sie nicht nach meinem Geschmack. Mit dem Springseil konnte ich nicht viel anfangen, es war viel zu lang und passte für Mama, die mir vormachte, wie man damit springt. Aber was soll's! Es waren Geschenke und Geschenke waren etwas ganz Wunderbares, Gegenstände, die mir und nur mir gehörten – mindestens solange, bis sie auf unerklärliche Weise verschwanden.

Die Zelluloidente sah genau so aus wie die kleine Ente im Bilderbuch, aus welchem mir Papa vorlas. Sie war weiss, sie hatte einen grün-blauen Kopf und einen gelben Schnabel und wurde wohl zum liebsten Spielzeug, das ich je besass. Ich identifizierte mich mit ihr, ihre Farben wurden meine Lieblingsfarben. Eine kleine Ente wurde mein Signet, mit welchem ich bis zum Erwachsenenalter meine

privaten Briefe   unterschrieb.

Karoline Gygax und andere Puppen

Meine erste Puppe hatte kein Gesicht und keine Kleider. Sie war aus einem gräulichen Stoff gefertigt und schlenkerte die angenähten Arme und Beine, wenn man sie bewegte. Ich wickelte eine Schnur um ihren schmuddeligen Leib. Man fragte mich, warum ich die Puppe fessle. „Ich fessle sie nicht, das ist ein Verband, weil sie krank ist.", erklärte ich.

Meine zweite Puppe schenkte mir Onkel Fritz und gab ihr gleich einen Namen: Karoline Gygax. Onkel Fritz hatte eine Vorliebe für besondere Namen und Zahlen. So nannte er seinen Foxterrier „ Gabelfrühstück", die Hausnummer seiner Villa in Tetschen – Bodenbach musste die Nummer 1003 tragen, wie die Anzahl der Liebesabenteuer des Don Giovanni. Karoline Gygax hatte ein hübsches buntes Kleidchen und Schuhe aus schwarzem glänzenden Wachstuch. Irgendwie hatte ich keine besonders warme Beziehung zu dieser Puppe. Vielmehr liebte ich das Zelluloidbaby, das mir unsere Zimmeruntermieterin, Frau Paratte, an Weihnachten schenkte. Es erweckte meine ersten mütterlichen Instinkte. Ich wickelte es in ein Tuch, wärmte es unter der Bettdecke, wiegte es in den Armen und redete zärtlich mit ihm.

Onkel Fritz

Onkel Fritz war ein Glücksfall in meinem Leben. Mamas Schwester, Rosi, hatte ihn auf einem Zionistenkongress in Zürich kennen gelernt, wo er als Kongressrichter amtierte. Nach ein paar Tagen hatten sie sich verlobt, und er hatte darauf bestanden, gleich zu heiraten, um seine junge Frau mit nach Hause in die Tschechoslowakei mitzunehmen. Die Hochzeit wurde eiligst vorbereitet und fand bei uns im Wohnzimmer statt. Tante Rosi, die Braut, nähte ein Festkleidchen für mich. Das war rosa mit einem oberen Teil aus Georgette, mit einem girlandenförmigen Saum und einem unteren Teil aus Satin. Der Prediger der jüdischen Kultusgemeinde in Bern, Herr Messinger, vollzog die Trauung und gab Mama, die am Klavier sass, stumme Anweisungen mit seinem Kopf, wann sie spielen sollte.

Grossmutter war überglücklich mit diesem Schwiegersohn. Deborah, wie sie von nun an mit ihrem richtigen Namen genannt wurde, war die hübscheste ihrer vier Töchter und ihr Liebling. Dr.jur. Friedrich Eckstein, wie auf seiner Visitenkarte stand, war ganz nach ihrem Geschmack. Er war zwar achtzehn Jahre älter als ihre Tochter, aber weltmännisch und hoch gebildet und sprach sieben Sprachen. Aus Briefen, die ich fand und Fotografien im Familienalbum weiss ich, dass er mit einigen Schriftstellern der damaligen Zeit befreundet war, wie Ilja Ehrenburg und Josef Kastein. Ein Schulfreund von ihm, dessen Namen ich vergessen habe, schrieb unter anderen ein Buch mit Tiergeschichten, das mir Onkel Fritz schenkte. Da Fritz in Wien und Prag studiert hatte, müsste er eigentlich auch Franz Kafka gekannt haben.

Mein allererstes Kinderbuch hatte ich von Papa erhalten, aber alle andern Bücher schenkte mir

Onkel Fritz. Eines handelte von einem Hund mit Namen „Bonzo". Grossmutter Frieda musste mir immer wieder daraus vorlesen, bis ich alle Kapitel auswendig konnte. Dann suchte ich mir die Wörter zusammen und brachte mir auf diese Weise das Lesen bei.

Onkel Fritz und Tante Deborah kamen nun Jahr für Jahr zu den zionistischen Kongressen. Einmal wurde ich an einen Kongress mitgenommen, ich glaube er fand in Zürich statt. Ich war etwa sechs oder sieben Jahre alt Fritz sagte zu mir: „Du wirst jetzt berühmte Leute kennen lernen, an die du dich dein ganzes Leben lang erinnern wirst."

Links, ca. 6jährig mit einem Nachbarskind

Was mich an der Sache am meisten interessierte, war die Fahrt mit dem Zug. Den Kongress fand ich langweilig und vor allem anstrengend, es fiel mir schwer, so lange ruhig dazusitzen. Man hatte mich genau hinter den Redner Chaim Weizmann, den Präsidenten des jüdischen Weltkongresses, gesetzt. Ich sah seinen Rücken und seine Bewegungen und verstand natürlich kein Wort, von dem er sprach. Ich erinnere mich, dass er einen blauen Anzug trug, in meiner Lieblingsfarbe und an seinen Kopf mit dem Haarkranz um seine Glatze. Am Ende wurde ich ihm und andern berühmten Leuten von Onkel Fritz vorgestellt. Ich erinnere mich an die Namen Ussischkin, Sokolow, Gronemann.

Grossmutters Meinung über Onkel Fritz, von dem sie so begeistert gewesen war, änderte sich vollkommen, als er 1938 mit nur einem Wäschesack, das einzige, das er aus seiner grossen Villa mitgenommen hatte, aus der Tschechoslowakei zu uns in die Schweiz flüchtete. Er wurde für sie zum lebensuntüchtigen Versager, seine lustigen Einfälle, die sie vorher so charmant gefunden hatte, zu kindischer Spielerei. Fortan hassten sie einander gegenseitig.
Im Wäschesack befand sich unter anderem eine ganze Literatur über Nostradamus. Fritz war damals mit einer Studie über diesen Seher des Mittelalters beschäftigt, und so schienen ihm diese Bücher vielleicht das Wertvollste, das er aus seiner riesigen Bibliothek auswählte um es zu retten.
Während der Flucht starb sein und Deborahs einziges Kind, Gideon, ein aussergewöhnlich

schöner und gescheiter Junge. Ich sah wie Fritz weinte und ich hörte ihn klagen: „Du böser Gott! Was hat dir dieses Kind getan? Was haben wir getan, dass Du uns dieses Kind nehmen musstest?" Deborah und er wanderten nach Palästina aus. Der Name Eckstein wurde zum Andenken an den verstorbenen Sohn in Gideoni geändert. 1940 wurde ihnen Michael geboren. Ussischkin war der Gevatter bei der Beschneidung.

Der erste Schultag, ein zurückgebliebenes Kind

Am ersten Schultag bat Mama die Lehrerin, Frau Leist, um ein Gespräch, nachdem die andern Kinder nach der Begrüssung mit ihren Müttern nach Hause gegangen waren. Während ich mich am Fenster mit dem langen Stock, mit welchem man die Oberlichter öffnete, beschäftigte und ihn prompt herunterwarf, bat Mama Frau Leist, Geduld mit mir zu haben. „Andere Kinder in ihrem Alter können Gedichtlein aufsagen, Liedchen singen. Aber Doris kann so was gar nicht. Sie ist in dieser Beziehung halt ein wenig zurückgeblieben", hörte ich sie sagen. Frau Leist versprach Mama, Geduld mit mir zu haben. Allerdings wunderte sie sich, dass ich als Zurückgebliebenes bereits fliessend lesen konnte.

Die erste Schulreise und die zerstörte Illusion

Auf der ersten Schulreise erlebte ich eine herbe Demütigung und eine zerstörte Illusion.
Es war ein strahlend schöner Sommertag und alle Kinder waren gutgelaunt und fröhlich. Verzückt schaute ich zum blauen Himmel empor, wo ich einen kleinen Vogelschwarm entdeckte. „Seht doch die herzigen Schwälbeli!", rief ich begeistert. „Ja, was ächt", wies mich Frau Leist zurecht. "Das sind doch Krähen!" Ich fühlte mich gedemütigt und schwieg beschämt.
Frau Leist führte uns durch den Wald nach Köniz. „So, jetzt sind wir nicht mehr in Bern!", verkündete sie. Nicht mehr in Bern? Also hatten wir die grosse Welt betreten? Ich war begeistert. „Kommt, wir gehen immer weiter", sagte ich zu den andern Kindern. „Wenn wir immer weiter gehen, da kommen wir nach Afrika!" Ich hatte das Buch von „Doktor Doolittle und seine Tiere„ gelesen und wünschte mir so sehr, dem Doktor und seinen Affen in Afrika zu begegnen.
Frau Leist machte meinem Traum ein Ende, als wir den Heimweg antreten mussten.

Die Lüge

Zwei Dinge wurden mir von klein auf eingebläut: Man muss sich zusammen nehmen und man darf nicht lügen. Was die Lüge betraf, wurde auch Ungenauigkeit beim Erzählen dazu gezählt. Die erste Lüge, wofür ich bestraft wurde, gab mir als

Erwachsene – wir leben im Zeitalter, da Psychologie zur populären Wissenschaft geworden ist - oft zu denken.

In unserer Klasse war ein Kind namens Henni, ein blondgelocktes, hübsches und von allen bewundertes Mädchen, da um sie eine Art Aura von Reichtum und Vornehmheit schwebte. Ihr Vater war Oberst als Berufsoffizier, sie wohnte mit ihren Eltern in einer vornehmen Villa, sie war schöner gekleidet als die andern Kinder, die meistens aus armen Verhältnissen stammten, und ihre Mutter kam von zeit zu zeit mit einem Sack voll Süssigkeiten in die Klasse, die sie Bank für Bank austeilte.

An einem Samstag Nachmittag wurde ich zu Henni eingeladen. Als ich nach Hause kam, wurde ich ausgefragt, wie es so aussehe in der schönen Villa. Alles sei herrlich, grossartig, wunderbar! Und wie war das Badezimmer? Herrlich, grossartig, wunderbar! Warst du im Badezimmer? Nachdenken...Nein, im Badezimmer war ich nicht...Eine saftige Ohrfeige von Papa. „Du hast also gelogen! Hast behauptet, das Badezimmer sei schön gewesen und hast es gar nicht gesehen!

Heute erkläre ich die harte Bestrafung des achtjährigen phantasiebegabten kleinen Mädchens für eine unbeabsichtigte, eigentlich triviale Unwahr-heit mit der Verachtung gegenüber Reichtum und dessen Glorifizierung. Meine Eltern waren Juden, intellektuell, arm und Ausländer und damit notwendigerweise sozialdemokratisch eingestellt, denn Sozialdemokraten waren damals die einzigen, die aus ihrer Ideologie heraus für Gleichheit von arm und reich, von Christen und Juden stand. Und die Ohrfeige von meinem Vater werte ich heute als Ausdruck der Enttäuschung, dass sich seine kleine Tochter von Glanz und Reichtum beeindrucken liess.

Schulaufsatz 2. Klasse. Schreibhandwerk war nicht meine Stärke.

Meine Lieblingsfächer in der Schule waren Aufsatzschreiben und Mathematik. Vor allem Aufsätze schrieb ich gerne, wobei das Schreibhandwerk mir Mühe bereitete. Den ersten Aufsatz schrieb ich in der 5.Klasse, im ersten Jahr im Progymnasium mit Mamas spitzer Feder- die kindergerechte Schulfeder hatte ich in meiner Unordentlichkeit verloren. Die Feder stach ins Papier, spreizte sich bösartig unter dem Druck meiner Finger und verspritzte die Tinte über das ganze Heft. Beim Versuch die Kleckse auszuradieren, rieb ich obendrein noch Löcher ins Papier. In diesem Aufsatz, dessen Titel lautete:" Wenn ich könnte, wie ich wollte", schrieb ich, dass ich die ganze Welt zu einem einzigen Land vereinen würde, wo alle Menschen friedlich miteinander leben würden und gut zu den Tieren wären. Von allen Berufen dürfte es nur eine bestimmte Anzahl geben, damit die Menschen einander nicht Konkurrenz machten. Es würde einen Führer geben, der gut und gerecht war....

Unter den Aufsatz schrieb unser Klassenlehrer, Herr Mösch:

Alter kostbarer Wein in einem schmutzigen Gefäss!

Der Cerberus

Lange Zeit waren meine Grossmütter nur zwei strenge alte Frauen für mich, vor denen ich mich ein wenig fürchtete. Besonders Grossmutter Frieda, Mamas Mutter, setzte mir mit ständigen Ermahnungen und kränkenden Bemerkungen zu."Halte dich gerade, du hast ja schon einen Buckel! Zieh` die Unterlippe ein, dann bekommt sie weniger Sauerstoff! Dicke Lippen sind hässlich und unfein! Ueberhaupt ,warum gehst du so ungraziös?", hiess es dauernd. Meistens vergass ich, mich so kerzengerade zu halten, wie Omama es wünschte, und die Lippen einzuziehen, um sie auf die beiden dünnen Striche zu trimmen, wie sie selber hatte und graziös herumzutänzeln, wie sie es mir vormachte, brachte ich nicht über mich. Obschon sie meine Schulzeugnisse und Aufsätze stolz unter ihren Bekannten herumreichte, gab sie mir kaum je ein gutes Wort. Wenn mich jemand Fremder in meiner Gegenwart lobte, stiess mich Grossmama heimlich an und gab mir einen bedeutsamen Blick. Das hiess: Drücke beide Daumen ganz fest und denke ganz stark daran, damit dir der "Böse Blick" nicht schadet. Mit dem "Bösen Blick" war der Neid gemeint. Omama Frieda, sonst sehr vernünftig und Aberglauben verspottend, war überzeugt, dass Neid Unglück und Verderben über einen bringen könne.

Ihre Zärtlichkeit beschränkte sich auf einen feuchtkühlen Kuss auf die Lippen an Geburtstagen, den ich höflich und in Aussicht auf das Geschenk, das sie mir gleichzeitig überreichte, hinnahm, obschon er mir gar nicht angenehm war. Das Geschenk bestand aus einem Kleidungsstück oder Unterwäsche, einem Täschchen oder sonst etwas Nützlichem und war bei mir immer sehr beliebt, denn Omama Frieda, das musste man ihr lassen, hatte einen guten Geschmack und wusste, was mir Freude machte.

Ein Erlebnis bleibt mir unvergessen: Ich war etwa 6 Jahre alt, als mich Päuli Ott, ein Nachbarskind, ein oder zwei Jahre älter als ich, in begeisterten Worten überredete, in einem Theaterstück einer Wanderbühne mitzumachen. Diese trat auf einer der Bühnen des Alhambra-Theaters am Ende unserer Strasse mit Märchenvorstellungen auf. (Im selben Theater gastierte regelmässig auch eine Varietè-Gruppe, unter der Leitung von Erika Mann, der Tochter von Thomas Mann. Ich glaube das Varietè hiess "Die Pfeffermühle". Päuli selbst war vom Direktor auf der Strasse angeheuert worden. Er hatte ihr Lohn und ein Eiscrème versprochen. Kurzum, ohne zuhause etwas zu sagen, startete ich eine Künstlerlaufbahn als Statistin in einem gelben Pagenkostüm mit Kniestrümpfen und einem Spitzenkragen. (Das braunsamtene von Päuli hätte mir noch besser gefallen !) in "Das tapfere Schneiderlein". Als ich so hingegeben auf der Bühne stand, sah ich plötzlich, wie auf der linken Seite des Parketts eine Türe aufging und -- meine Grossmutter hereingeleitet wurde. Ich spüre noch heute, wie ich zusammenfuhr. Zu meiner Erleichterung hatten scheinbar nicht viele der Zuschauer, es waren ja vor allem Kinder, etwas mitbekommen. Omama hatte sich hingesetzt und die Vorstellung war ohne Unterbruch weiter-gegangen. Zuhause erwartete mich Schelte von meinen Eltern, die mich verzweifelt gesucht hatten, bis Omama herausgefunden hatte, wo ich war. Das Schlimmste aber bekam ich von ihr zu hören."Wenn man schon Schauspielerin sein will", sagte sie höhnisch," muss man sich zusammennehmen, wenn man auf der Bühne steht. Ich habe gesehen und alle andern auch, wie du zusammengefahren bist, als ich hereinkam. Das darf einer echten Schauspielerin nicht passieren!" Und Omama musste es wissen. Sie ging eifrig ins Theater und in die Oper, kannte alle grossen Schauspieler und Sänger der damaligen Zeit und gab ihr Urteil über sie ab...... Sarah Bernhard, Eleonora Duse, Moissi (letzteren hatte sie wahrscheinlich wirklich selbst gesehen, denn Mama hatte eine Postkarte von ihm bekommen, auf die sie sehr stolz war. Wie sie dazu kam, weiss ich nicht....) Omama Frieda schwärmte von einer Sängerin Jeriza, die das hohe C auf dem Boden liegend nehmen konnte, und einer Sängerin Selma Kurz, die eine wunderschöne Stimme hatte, aber angeblich falsch sang, von Richard Tauber mit seinem weichen Tenor, Josef Schmid mit seinem leicht heiseren Timbre,von Lotte Lehmann, die die Leonore in Fidelio unvergleichlich schön sang. Mit diesen Berühmtheiten verglich sie die armen Kantoren, die in unserer Synagoge an den Hohen Feiertagen vorbeteten. Der eine sang nach ihrer Meinung wie ein "Rückbett", ein anderer gurgelte die Töne im Hals, ein dritter schleppte die Töne wie eine jammernde Katze....

Am Tage nach meinem denkwürdigen Theaterauftritt wurde "Rumpelstilzchen" gegeben und man erlaubte mir, mitzumachen. Schliesslich durfte ich doch nicht vertragsbrüchig werden. Aber als ich als Hahn verkleidet oben auf der Bühne stand und meine kritische Omama im Zuschauerraum wusste, war mir die Freude vergangen. Und so endete vorläufig meine Künstlerlaufbahn vorläufig nach diesem jämmerlichen Dèbut!
Ich glaube, es gehörte zu den Erziehungsmethoden der damaligen Zeit, Kinder nie zu loben, sondern

nur zu tadeln, um sie zu (noch) besseren Leistungen anzuspornen, Man wollte sie vor allem Disziplin und Respekt vor Eltern, Gross-eltern, Lehrern, überhaupt vor älteren Menschen lehren. Offene Gefühlsäusserungen waren als Zeichen der Unbeherrschtheit und schlechter Erziehung verpönt. Direkt sträflich war es, sich über etwas Materielles zu beklagen, etwa über Essen, ein unbequemes Bett oder Kleider, und höchst vulgär, sich etwas anmerken zu lassen, wenn es einem schlecht ging.

Grossmutter Frieda verachtete ungebildete Menschen, Leute, die einen Kriminalroman oder eine Geschichte von Courts-Mahler lasen. Sie selbst las nur philosophische Bücher oder historische Romane. Einmal sagte sie im Feldherrenton: "Wenn Napoleon noch lebte, wäre die Welt anders heute!" Schnurstracks lief ich auf die Strasse und verkündete meinen erstaunten Spielkameraden im gleichen Feldherrenton: "Wenn Napoleon noch lebte, wäre die Welt anders heute!". Sie wussten nicht, wer Napoleon war, so wenig, wie ich es wusste. Aber sie schienen überzeugt.

Omama Frieda achtete auch genau auf meinen Umgang mit andern Kindern und später jungen Burschen. Sie liess niemanden herein, der ihr nicht passend schien, weil er oder sogar nur seine Eltern nicht gebildet genug waren. Einer meiner Freunde nannte sie "Cerberus", wie der Hüter des Eingangs zur Unterwelt in der griechischen Mythologie.

Mama war viel weicher und moderner, aber was Omama sagte, die sie buchstäblich vergötterte, war ihr heilig. Wenn Grossmutter sagte, sie müsse mich als Strafe für irgendeine Unartigkeit ignorieren, so redete sie einige Tage kein Wort mit mir. Noch heute fühle ich das Würgen der zurückgehaltenen Tränen im Hals und die Angst des Alleingelassenseins bei diesen Strafmassnahmen.

Ein Ausbund an Artigkeit war ich nun auch nicht. Immer zu Strolchereien und Lachen aufgelegt, wie man erzählte. So schimpfte Omama Frieda immer, wenn sie mich Brot kaufen schickte: "Verlange endlich ein Brot, das nicht hart und nicht verbrannt ist!" Einmal verleidete es mir und ich ging zur Bäckerei und sagte: "Geben Sie mir bitte ein Pfünderli und einen Hammer dazu!" Als die Verkäuferin mit dem Brot kam, gab ich der verdutzten Verkäuferin das Geld auf der ausgestreckten Zunge.

Eines meiner Vergehen bestand. im Zuspätnachhausekommen. Ich brauchte für den Heimweg vom Brunnmattschulhaus eine Stunde oder mehr, statt l5 Minuten, denn in einem der Häuser an der Effingerstrasse wohne eine Hexe, hatte mir Päuli Ott gesagt, und ich lauerte oft lange am Gartenzaun dieses Hauses, um der Hexe leibhaftig zu begegnen. Leider vergeblich!

Omama Frieda und Omama Necha waren leibliche Kusinen, Sie sprachen selten und in kalter Höflichkeit miteinander. Offensichtlich liebten sie einander nicht sehr. Sie drückten das in den Lehren, die sie mir gaben aus. "Alles was du tust", lehrte mich Omama Necha, "muss perfekt sein, ganz egal, wieviel Zeit du dafür brauchst. Werde nicht so wie sie! Sie ist ein Feuer! Sie macht alles ganz rasch, aber nichts genau. Schau, so musst du arbeiten!", und sie zeigte mir einen Strumpf, den sie wie mit einer Maschine genau gestopft hatte. Und das "Feuer" wiederholte immer wieder: "Werde nicht wie sie! Sie ist langsam und kommt zu nichts. Egal, ob etwas perfekt gemacht ist, die Hauptsache, dass es gemacht und rasch gemacht ist."

Was meine Erziehung sonst anbelangte, scheint mir, waren sie sich einig. Sie sprachen, zumindesten in meiner Gegenwart, ein geschraubtes Hochdeutsch miteinander und benützten nie das ihnen aus ihrere Kindheit vertraute Jiddisch. Dieses nannten sie verächtlich "Jargon", das war nur für ungebildete Leute, die Enkelin durfte das Gottbehüte, nicht erlernen.

Trotz allem .liebte ich meine Grossmütter, vor allem Omama Frieda. Ich war ihr für vieles dankbar. Z.B. hatte sie mir beim Lesenlernen geholfen , lange bevor ich zur Schule ging und mir damit eine Welt geöffnet, in welche ich mich immer flüchten konnte und nie einsam war, eine Welt voller Zauber und Glückseligkeit, in der ich keinen Buckel und keine dicken Lippen und keinen ungraziösen Gang hatte. An Sonntagnachmittagen nahm sie mich ins Café mit, wo sie mir eine Tasse Tee und ein "Güetzi" spendierte. Verzaubert stand ich dann neben der kleinen Empore, wo ein kleines Unterhaltungsorchster, aus drei oder vier Musikern bestehend, Melodien aus Opern und Operetten spielte. Ich erinnere mich, dass sie, als ich einmal krank war und stark hustete, in der Nacht aufstand und mir heisse Milch mit Honig brachte. Die schmeckte mir besser, als Knoblauch, den sie mir als Heilmittel gegen Würmer zu essen gab, denn sie fand mich blass und war überzeugt, dass ich Würmer hätte. (Bis heute habe deshalb eine Aversion gegen Knoblauch)

Sie lehrte mich, wie man ein Rüstmesser in der Hand hält, "Challes" für Schabbath bäckt. Nur mit einer Hand kneten! Die andere Hand muss sauber bleiben, damit man etwas aus dem Schrank nehmen oder die Türe öffnen kann, wenn jemand läutet!...." Sie gab mir auch Lehren für das Leben mit. Z.B. "Wenn man heiratet", sagte sie, "ist es nicht nur wichtig darauf zu achten, ob man mit diesem Menschen zusammen leben kann. Noch viel wichtiger ist es, sich zu überlegen, ob man auch in Ehren auseinandergehen kann." (Leider fallen einem solche Lehren erst ein, wenn man selbst schon Grossmutter ist!)

Nach meiner Matura bestand Omama darauf, dass die Eltern mir ein Kostüm nähen liessen. Ich sehe es noch vor mir. Es war aus einem weichen hellbeigen Wollstoff, von einem Schneider ange-fertigt., Dazu kaufte mir Omama eine zyklamenrote Bluse. Ich fand das Kostüm mit der Bluse hinreissend schön und trug es jahrelang.

Mit etwa 16 wurde ich am Blinddarm operiert. Als ich aus der Narkose erwachte und die Augen aufschlug, erblickte ich als erstes meine beiden Grossmütter, die mit besorgten Gesichtern an meinem Bett sassen. Ich war so gerührt, dass mir die Tränen kamen. Also liebten sie mich doch! Also war ich nicht nur das missratene Mädchen für sie, das zuviel redete oder gar nicht redete (aus Schlechtigkeit nach Omama Friedas Meinung), das übermütig, scheinbar ohne Grund lachen konnte, pfiff wie ein Gassenjunge, dicke Lippen hatte, sich krumm hielt.

Grossmutter Frieda hatte auch ehrgeizige Pläne für mich. Sie wünschte sich, dass ich Cellospielen und Fechten lernen sollte. Diese Wünsche waren genauso unrealistisch, wie sie sonst fest mit beiden Beinen auf realem Boden stand. Wie hätte sie mein Celloüben ausgehalten, wenn sie schon mein Klavierüben nicht aushielt (dass ich darüber nicht unglücklich war, ist eine andere Sache), und wie hätten sich meine Eltern erlauben können, mich fechten lernen zu lassen, wenn sich Mama das Geld für die Klavierstunden buchstäblich vom Mund absparen musste! Immerhin war ich glücklich darüber, dass Omama mich für diese Künste überhaupt für fähig hielt.

Was den Makel des ungraziösen Gangs betrifft, rettete mich Mamas Idee, mir Rhythmikunterricht geben zu lassen. Dieser gehört zu den schönsten Erinnerungen meiner Kindheit. Er fand in einem wunderschönen holzgetäfelten Raum in einem alten Haus an der Junkerngasse statt. Die Rhythmiklehrerin hiess Adèle. Sie war Tänzerin und eine freundliche junge Frau.

Nach den Übungen liess sie uns nach eigener Phantasie nach der Musik tanzen. Das war das Schönste für mich. Da konnte ich nach Herzenslust auf dem glatten Parkett herum gleiten und springen und meiner Phantasie Ausdruck verleihen, wie ich es sonst heimlich zuhause tat, ohne Angst zu haben, von Grossmutter Frieda und Mama ausgelacht zu werden. Einmal sagte Adele zu Mama, sie müsse mit ihr sprechen. " Wissen sie", sagte sie zu ihr," Ihr Kind ist meine begabteste Schülerin." "Aber sie ist doch so ungraziös," wehrte Mama bescheiden ab. "Das ist überhaupt nicht wahr", empörte sich Adèle, "sie ist die einzige der Gruppe, die im freien Tanz etwas Originelles darstellt."

Ich war unendlich glücklich und beschloss, Tänzerin zu werden. Nun, Tänzerin bin ich nicht geworden, zumindesten nicht in diesem Leben! Aber Adele hatte mich vor meiner Familie und mir selber rehabilitiert. Fortan kränkten mich Omama Friedas Bemerkungen weniger. Ich kam mir nicht mehr wie ein Trampeltier vor, wagte es vor Menschen vorbeizugehen, ohne steife Beine zu bekommen.

Überhaupt lockerte sich mein Verhältnis zu meinen Grossmüttern mit der Zeit. Ich konnte sie mir plötzlich auch als junge Mädchen vorstellen, fröhlich und unbekümmert, und fing sogar an, sie über ihre Jugend auszufragen.

Als Grossmutter Frieda starb, sass ich lange an ihrem Bett, denn Mama war so verzweifelt, dass sie nicht ins Zimmer treten konnte, Omama strich mir schwach über die Hand und flüsterte mir etwas zu, das wie "Du Liebes..." sich anhörte... die einzige Zärtlichkeit von ihr, an die ich mich erinnere.

Als sie gestorben war, roch ihr Zimmer noch lange nach ihrem Parfum. Ich schrieb ein poetisches Gedicht, das mit den Worten endete: Alles erfüllt noch vom Duft deines Seins...nur du bist nicht mehr.

Das Feuer und die Fromme

Grossmutter Necha und Grossmutter Frieda waren leibliche Kusinen, denn Nechas Mutter, Judith Schwalb, geborene Preminger, und Friedas Vater, Faiwisch (Phöbus) Preminger waren Geschwister. Beide stammten sie aus demselben Städtchen in Galizien, Bohorodschany bei Stanislau und hatten etwa dieselbe Erziehung. Nechas Vater, Gabriel Schwalb und Friedas Vater, Faiwisch Preminger, sowie die ganze Familie, meine beiden Grossväter und mein Vater waren sogenannte" Misnagdim ", was bedeutet, dass sie Gegner des Chassidismus waren. Sie gehörten nicht zum Hof irgendeines Rabbis, den sie um Rat fragten, ehe sie eine Entscheidung trafen, glaubten nicht an Wunder, die ein Mensch vollbringen kann, waren überhaupt jedem Aberglauben abhold, verachteten Menschen, die an Wunder glaubten, lernten Hebräisch um der Sprache willen und benützten die Sprache, wollten nach dem Land Israel zurückkehren ohne erst den Messias abzuwarten, träumten davon das Land wieder aufzubauen, selbstverständlich auch den Tempel, der von den Römern im Jahre 70 zerstört worden war Sie hielten viel auf Bildung, nicht nur in jüdischen Belangen.. Grossmutter Necha wurde von einem Hauslehrer in Iwrith (Hebräisch) unterrichtet und das etwa im Jahre l880, also bevor der offizielle Zionismus bestand.

So wurde ich zum Zionismus erzogen. Aber war ich Zionistin`? Ich gehörte einer Jugendgruppe an, dessen Führer ein Student der Veterinärmedizin,

Arthur Rath, sozialistisch war, heute würde man sagen extrem links, und gegen die Religion eingestellt. Mich kümmerte die Politik kaum. Nach wie vor war mein Ideal, wie ich es im Aufsatz -*Wenn ich* könnte. *wie ich wollte*- in der 5. Klasse beschrieben hatte, eine vereinte Welt ohne Grenzen, wo alle Menschen gleich wären und jeder mit jedem verwandt.

Zionistin wurde ich erst, als ein Einbürgerungsgesuch im Jahre 1942 abgelehnt wurde, weil ich Jüdin war.

Im Weltkrieg

Wenn man älter wird und einen das Gedächtnis im Alltag oft im Stiche lässt, tauchen merkwürdigerweise Erinnerungen empor an Geschehnisse und Dinge vor urlanger Zeit. Sie kommen mir wie Samenkörner vor, die lange unter der Erde geschlummert haben und plötzlich zu keimen und zu spriessen beginnen, als ob sie die Zeit abgewartet hätten, da der Geist freier geworden ist vom Druck des nie rastenden Gegenwärtigen und sich ein wenig Musse gönnt.

Es sind Erinnerungen, die schmerzen und andere, die das Herz erfreuen, wie Kostbares, das man, verloren geglaubt, nach langer Zeit wieder findet. Diese will man nicht und jene kann man nicht wieder hergeben. Es drängt einen, im Gegenteil, sie weiterzugeben wie das alte Familiensilber oder andere teure Erbstücke, damit sie erhalten bleiben. Aber je älter man wird, umso kostbarer wird einem die Zeit - sie wird ja auch vonTag zu Tag geringer - und immer wieder fand ich Wichtigeres zu tun und schob es auf, Erinnerungen aufzuschreiben, obschon ich mich gerade in letzter Zeit irgendwie dazu verpflichtet fühlte. Schliesslich war ich doch während des zweiten Weltkriegs als unbefangene Schülerin Zeitzeugin in der Schweiz und könnte mit meinen Erinnerungen vielleicht ein wenig zur Klärung von Fragen , die z.T. wie schwere, düstere Wolken über der Vergangenheit hängen, beitragen, sozusagen als Quelle, zu welcher Historiker keinen Zugang haben.

Bis mich ein kleines Unglück sozusagen am Nacken packte und mich darauf stiess: Ich brach den Kopf des rechten Armes, und in der Verzweiflung meines auferzwungenen Nichtstuns sah meine wegen ihrer Ungeschicklichkeit zeitlebens verachtete Linke ihre Stunde gekommen. Sie anerbot sich, mir zu helfen, wenigstens einen Teil der Erinnerungen aufzuzeichnen. Und siehe da! Die Ungeschickte lernte tatsächlich, die Maus" zu bedienen und Hoch - und Buchstabentaste gleichzeitig zu drücken. Für Frage - und Ausrufzeichen allerdings genügte die Fingerspanne nicht. Auch da wusste die Linke Rat. Sie hob die Rechte behutsam wie ein Neu-geborenes aus dem Haltemieder und legte sie so zur Tastatur, dass sie mindestens mit Frage - und Aus-rufzeichendrücken ihre beschämende, hilflose Untätigkeit ein wenig zu mindern vermochte.

Manches des Versunkenen erschien mir plastisch und klar vor den Augen, anderes hatte, wie es bei alten Erbstücken meistens der Fall ist, Flecken und Risse. Aber selbst das, an welches ich mich sicher genau zu erinnern glaubte, erwies sich an einigen Stellen nicht lupenrein. Und so war ich dankbar, als man mich korrigierte.

Mein Sohn Gabriel machte mich darauf auf-merksam, dass Neville Chamberlain zu dieser Zeit Ministerpräsident und nicht Aussenminister war. Richtig, Aussenminister war damals Anthony Eden! Sollte jemand meine Erinnerungen lesen und Un-genauigkeiten oder sogar Fehler darin finden, so bitte ich, mich zu korrigieren - und nicht der bewussten Unwahrheit zu verdächtigen.

Mai 1997   Doris Safra

Zwetschgenkuchen und Mister Regenschirm

An meinem Geburtstag, dem 29.August, läutete Grossmutter Frieda unten an der Haustüre Sturm. Wir eilten zum Fenster. Grossmutter schwenkte ein Extrablatt und schrie hinauf: " Kriiiieg!"

Es gab mir zu Ehren Zwetschgenkuchen zu Mittag, wie jedes Jahr. Ich wurde in die Bäckerei geschickt, den Kuchen abzuholen. Auf der Strasse standen die Leute mit ernsten Gesichtern zusammen. In der Ecke schrie ein Zeitungsverkäufer:
„ Extrablaaatt! Extrablaaatt!"
Es war mir peinlich, mit dem riesigen Kuchenblech vorbeizugehen.
"Dem Mister Regenschirm hat es nun doch nichts genützt, dass er die Tschechoslowakei den Schwoben verkauft hat !" hörte ich jemanden verächtlich sagen.

Mister Regenschirm war Neville Chamberlain, der britische Ministerpräsident. Ich kannte sein Bild von der Wochenschau im Kino und von Illustrierten. Ein englischer Gentleman mit einem steifen Hut auf dem Kopf und immer mit einem Schirm am Arm. Ein Mann mit einem Regenschirm zu jener Zeit war einfach eine Witzfigur!

Grossmutter Necha sass versteinert am Tisch. Grossmutter Frieda, lebhaft wie immer, politisierte. In dramatischem Ton verkündete sie: "Ihr werdet sehen, jetzt wird man dem Hitlerregime den Garaus machen!" Mama zerschnitt mit zitternden Händen

den Zwetschgenkuchen und verteilte fahrig die Stücke auf die Teller. Eines fiel daneben und brach durch. Ich erhielt es als Extraportion.

Ich stocherte am Kuchen herum, bis Mama mich nervös anfuhr.
Mir war nicht nach Essen zumute, nicht einmal nach Zwetschgenkuchen.
Eine ungeheure Erregung hatte mich erfasst. Es war mir, als ob ich vor einem riesigen Abenteuer stünde!
Sicher mussten wir vor den Deutschen fliehen....
Man könnte sich im Bremgartenwald verstecken.
Wie bringt man die alte Grossmutter Necha in den Bremgartenwald?....
Mein Phantasie bereitete einen Fluchtplan vor.
Aus dem Sack mit ausgetragenem Zeug, den Mama in einem Schrank hielt, suchte ich mir einen Lappen heraus und nähte mir daraus eine Tasche. Ich befestigte sie mit einer Sicherheitsnadel unter dem Rock. Ich steckte ein altes Taschenmesser von Grossmutter Frieda hinein, eine Kerze, ein Päckchen Zündhölzer, ein Röllchen Verbandszeug. Vom Schrank holte ich den Rucksack herunter und füllte ihn mit allem Möglichen, als ob es auf einen Schulausflug ginge.

Papa kam heim, und Mama bat ihn um Geld, um Lebensmittelvorräte einzukaufen. Er gab ihr, was er bei sich hatte. Geld war rar bei uns.
Man schickte mich in den Konsum. Der Laden war gesteckt voll. Ich erhielt zwei Kilo Zucker und zwei Kilo Mehl. Mama und Grossmutter Frieda gingen

nach mir einzeln hin, und jede brachte noch ein paar Kilo Lebensmittel nach Hause.

Die Sirenen heulten zum Probealarm. In unserem Kellerabteil wurde hastig Ordnung gemacht, Kisten und alte Koffer zum Sitzen bereitgestellt.

Die Fenster mussten verdunkelt werden. Die Rolläden wurden heruntergelassen und Mama hängte eine alte Wolldecke über das Küchenfenster. Als es dunkel wurde, schickte man mich hinunter auf die Strasse. Ich sollte nachschauen, ob noch ein Lichtschein hinausdrang. Nein, das Küchenfenster war vollkommen dunkel!
Die Küche blieb während der ganzen Kriegszeit unser Hauptaufenthaltsraum.

Soldatenflickstube

Der eigentliche Krieg brach drei Tage später aus, als Hitler Polen angriff.
Generalmobilmachung!
Unsere Lehrer, meistens hohe Offiziere, wurden eingezogen. Die Schule wurde bis auf weiteres geschlossen.
Ich brannte darauf, etwas Nützliches zu tun. Die Burschen in unserer Klasse wurden im Militär bei der Fliegerabwehr beschäftigt. Wir Mädchen gingen von Ort zu Ort, um zu fragen, ob man uns gebrauchen könne. Hier und dort lächelte man belustigt. Schliesslich nahm man uns in der Soldatenflickstube auf. Sie wurde von einer

freundlichen Frau Oberst Biberstein und einigen andern Damen geleitet.

Wir flickten, legten Wäsche zusammen, machten Päckchen. Die Wäsche war grau und strömte einen sonderbaren, scharfen Geruch aus. Ich stellte mir vor, es sei der Geruch der Soldaten an der Grenze, und ich atmete ihn ehrfürchtig ein. Voller Begeisterung tat ich die Arbeit. Mir kam vor, als nähme ich selber am Krieg teil.

Die Freude dauerte nur kurz. Nach drei Tagen kam eine andere Dame dazu, die Frau eines Kinderarztes, ich kannte sie aus der Nachbarschaft. Unsere Anwesenheit in der Flickstube missfiel ihr. Sie nahm die andern Frauen beiseite und redete auf sie ein. Wir konnten nicht hören, was sie sagte. Aber an den missbilligenden Blicken, mit welchen sie uns mass, verstanden wir, dass es sich um uns Mädchen drehte. Schliesslich wurden wir gerufen. Eine der Frauen kam auf uns zu. Sie räusperte sich verlegen: "Ihr könnt jetzt nach Hause gehen. Die Frau Doktor ist der Meinung, diese Arbeit sei nicht für Kinder."

Beschämt und wütend verliessen wir die Flickstube. Kinder! Wir waren Schülerinnen der Quarta im Gymnasium, doch keine kleinen Mädchen mehr!

Nach einigen Wochen begann die Schule wieder. Einige Lehrer blieben eingezogen. Sie wurden von Altlehrern und Studenten vertreten.

Stimmen aus dem Radio

Jeden Morgen riss mich erbarmungslos ein schrecklicher Lärm aus dem Schlaf. Grossmutter Frieda pflegte das alte Radio auf volle Lautstärke aufzudrehen. Mit dem Kopf nahe zum Apparat geneigt, hörte sie begierig die Nachrichten.

Mit Krach und Getöse waren manchmal auch ausländische Sender zu hören, die heiser schreiende, sich überschlagende Stimme Hitlers z.B. In seinen Reden versprach er die Ausrottung der Juden.

Abend für Abend vernahm man einen Sprecher des britischen Rundfunks auf Deutsch, eine ruhige, angenehme Stimme. Ich glaube, sein Name war Frazer. Ich stellte mir einen älteren, gütigen, väterlichen Mann vor. Er war der gute Geist während der ganzen Kriegszeit. Was er auch berichtete, irgendwie war es tröstlich, beruhigend, trotz der schlimmen Ereignisse.

Angst

Die schlimmen Ereignisse überstürzten sich. Nach Polen überfielen die Deutschen auch Norwegen, besetzten Holland und Belgien. Man war überzeugt, es sei nur eine Frage von Wochen, höchstens von Monaten, bis sie die Schweiz angreifen.

Wie dicke, stickige Luft stand Angst im Raum, presste die Kehle zu. Eine jüdische Nachbarin zu Mama: "Ich putze die Wohnung und weiss nicht

einmal, ob wir in einigen Monaten noch am Leben sind."
Mama packte einen Koffer und stellte ihn bereit.

Menschlichkeit und Ethik. Schweizer oder Egoist.

Ich liebte das Gymnasium im Kirchenfeld, das Schulhaus und die Klasse vom ersten Tag an, (Klasse B der Literarabteilung. Bis heute gehören wir zusammen, treffen uns zwei Mal im Jahr. Unser Klassenlehrer, Dr. Kropf, hinterliess der Klasse ein Legat).

Eines Tages wurde das ganze Gymnasium in der Aula versammelt. Einer der Lehrer, er unterrichtete Latein und alte Sprachen in den höheren Klassen, hielt eine Ansprache.
Ich erinnere mich nicht mehr an seinen Namen. Ich weiss aber noch ziemlich genau, wie er ausgesehen hat: sehr gross, mager, mit einem schmalen, blassen Gesicht, stets ein mildes Lächeln auf den Lippen. Ein Heiliger müsste so aussehen, stellte ich mir damals vor.
Er sprach mit sanfter Stimme: von Gerechtigkeit, Menschenwürde, Humanität, Ethik. Ich konnte mich nicht konzentrieren, verstand nicht viel von dem, was er sagte, nur, dass seine Rede gegen Hitler - Deutschland und die Judenverfolgung gerichtet war, ohne dass er es wörtlich aussprach. Ich war den Tränen nahe.

In einer der höheren Klassen wurde als Aufsatzthema gegeben: " Schweizer oder Egoist".

Mamas Nase rötete sich, ihre Augen wurden feucht vor Rührung, als ich von der Ansprache und dem Aufsatzthema erzählte. Es bestärkte sie in ihrem Schweizer Patriotismus. Auch ich war glücklich. Unser Feind, Hitlerdeutschland, der Feind der Juden, war auch der Feind der Schweiz. Wir waren nicht allein.

Freund und Feind. Die Guten und die Bösen.

Die Welt war für mich zweigeteilt, in Gute und Böse. Die Bösen wollten die Juden vernichten und griffen die Guten an. Die Guten sprachen von Gerechtigkeit und Ethik und waren auf der Seite der Juden. Die Alliierten und die neutralen Länder waren die Guten, Deutschland und seine Verbündeten die Bösen.

In einer Illustrierten waren Soldaten der Alliierten abgebildet: Briten, Franzosen, Marokkaner, Inder, Juden der jüdischen Brigade aus Palästina.

Einer der Soldaten gefiel mir besonders gut: ein männliches, energisches Gesicht. Ich schnitt sein Bild aus und hängte es, mit einem Reissnagel befestigt, an die Innenseite der Schranktüre. Jedesmal, wenn ich ein Heft aus dem Schrank nahm, betrachtete ich das Bild. Ich träumte, diesem Soldaten einmal zu begegnen.

Rationierung.

Irgendeinmal zu Beginn des Krieges begann die Rationierung. Rationiert wurden Lebensmittel, Textilien, Gas, Elektrizität. Die Rationierung lenkte die Aufmerksamkeit auf den Alltag und ein wenig weg von der Angst.

125 Gramm Brot im Tag, ein halbes Ei im Monat pro Mensch, daran erinnere ich mich. Kartoffeln Gemüse, Hühner, Fische und Früchte waren frei.

Wir assen nur Huhn, und so konnte Mama die Fleischmarken gegen anderes eintauschen, gegen Mehlmarken zum Beispiel. Die Mehlmarken wurden für die Challes (Zopfbrote) zu Schabbath verwendet. Jeden Freitag stand Grossmutter Necha vor Morgengrauen auf und knetete einen Teig für die Challes. Ich bewunderte, wie sie mit geschickten Fingern die Challes flocht, zwei für uns, eine für eine Emigrantenfamilie in einer Mansarde im Nebenhaus.

So duftete es immer nach frischem Brot, wenn ich freitags von der Schule kam. Überhaupt war Freitag der Tag der guten Düfte. In der ganzen Wohnung roch es nach frischen Challes, nach kräftiger Bohnensuppe, die auf dem Ofen brodelte - und nach Toilettenseife; denn einmal in der Woche, am Freitag, durften wir baden. Die karge Gasration wurde für den Backofen und den Gasboiler im Badezimmer aufgespart.

Ich erinnere mich nicht, während des Krieges richtig hungrig gewesen zu sein. Auch wenn es der Fall

gewesen wäre, hätte ich kein Wort darüber verloren. Sich über Essen beklagen ?.wie vulgär!.....
Ich fürchtete Grossmutter Friedas missbilligende Blicke aus ihren blitzenden, blauen Augen. Ihre Rügen schnitten scharf wie Messer.

Die überschüssigen Fleischmarken tauschte Mama übrigens noch gegen etwas anderes, noch viel Besseres als Mehlmarken ein - gegen eine Gesangstunde für mich am Sonntag Vormittag! Die Lehrerin, Herta Iclé, eine ungewöhnlich begabte Frau, war früher Opernsängerin gewesen, danach mit einem bekannten Augenarzt verheiratet. Mama begleitete am Klavier. Wir sangen vor allem Schubertlieder.

Es war ein wunderbares Äquvalent für Rindfleisch.

Nussgipfel am Sonntag

Eines Tages erzählte Fredi, ein Junge aus der Nachbarschaft, es gäbe am Sonntag in der Länggasse echte Nussgipfel zu kaufen. Die nächsten Wochen wartete ich Sonntag für Sonntag vor einem winzigen Bäckerladen in der Länggasse. Eine Schlange von Nussgipfelgierigen erstreckte sich über das Trottoir bis auf die Strasse. Eine gemütliche Bäckersfrau mit einem runden Gesicht und einem dunklen Haarknoten im Nacken packte die Nussgipfel in einen grauen Papiersack, ein Bursche neben ihr zog das Geld ein. Die Nussgipfel waren mit einem feinen Zuckerguss überzogen und schmeckten vorzüglich.

Eines Tages war es aus mit den sonntäglichen Nussgipfeln. Die Bäckerei blieb geschlossen. Später erfuhren wir, dass für die Nussgipfel Paraffinöl verwendet worden war. Uns hat es jedenfalls nicht geschadet!

Die Amerikaner greifen ein.

Die ältere Generation hatte es erwartet, dass die Amerikaner wie im ersten Weltkrieg eingreifen und eine Wende zugunsten der Alliierten bringen würden. Sie führten den Krieg gegen Japan, das angegriffen hatte, und in Europa gegen Deutschland. Sie waren die ersten, die eine Atombombe warfen, auf eine japanische Stadt, wo so viele Unschuldige zu Opfern wurden. Man wusste damals nicht genau, was es bedeutete, kannte noch nicht das Dilemma, den seelischen Konflikt derjenigen, die die Atombombe entwickelt hatten.

Grossmutter Necha lächelt.

Im Frühling 1941 erhielten wir einen Brief aus London. Darin teilte Papas Schwester, Etka, mit, dass sie sich verlobt hätte und demnächst heiraten werde. Der Bräutigam, Bernhard Schleien, war ebenfalls Emigrant aus Wien. Etka hatte mit seiner Schwester Philologie studiert. (Diese war mit den Eltern und zwei andern Schwestern nach Brüssel geflüchtet. Nach der Besetzung von Belgien wurden zwei der Schwestern ins Konzentrationslager verschleppt und kamen dort um.)

Grossmutter Necha veranstaltete eine kleine Verlobungsfeier, zu welcher sie uns und ein paar Nachbarn einlud. Sie bewirtete die Gäste mit Tee und einem köstlichen Gebäck, das sie aus Honig und Nüssen bereitet hatte, eine Art Nougat.

Es war das erste Mal, dass ich einen leisen Schimmer von Freude, den Hauch eines Lächelns auf ihrem Gesicht entdeckte.

Kälte im Kriegswinter.

Worunter ich im Krieg wirklich litt, war die Kälte in der Winterzeit. Die Zentralheizung wurde eines Tages nicht mehr betätigt. Das Scharren der Kohlenschaufel und den Lärm in den Radiatoren am frühen Morgen vernahm man nicht mehr, der freundliche Heizer mit dem lahmen Bein blieb für immer aus.

Abends kroch ich mit allen Kleidern in ein feuchtkaltes Bett. Ich zog schlotternd die Decke bis über den Kopf, rieb die Füsse gegeneinander, aber es half nichts. Vor Kälte konnte ich kaum einschlafen.

Nur in der Küche war es warm. Mama hatte einen kleinen Kachelofen gekauft mit einem Rohr. Das mündete irgendwo in einen Luftschacht oben nahe der Decke. Jede Familie bekam ein Quantum Holz und Koks für die Waschküche zugeteilt. Mit diesem heizten die Grossmütter den Ofen ein. Der Ofen besass ein Türchen mit einem Fach dahinter. Dort hielten sie die Speisen warm.

Mama strickte mir aus einer harten Militär-sockenwolle ein paar Strümpfe. Ich hasste sie. Sie hielten die Beine einigermassen warm, aber noch heute kratze ich mich an den Beinen, wenn ich mich an die Strümpfe erinnere.

In der Schule sassen wir in den Mänteln beim Unterricht. Man hatte mir einen grauen Winter-mantel aus einer Art Kunstwolle gekauft. Ich fand ihn höchst elegant, aber er wärmte nicht. Ich zitterte vor Kälte, wenn ich mit meinen dünnsohligen Halbschuhen über die vereiste Kirchenfeldbrücke zur Schule ging. Einmal rutschte ich aus und fiel beinahe gegen das Geländer. Zwei Bundesräte, wahrscheinlich auf dem Weg ins Bundeshaus, fingen mich auf. Der eine war, glaube ich, Bundesrat Pilet - Golaz, der andere sicher Bundesrat Enrico Celio. Ich erkannte ihn am Biberkragen an seinem Mantel. Er war der einzige Bundesrat, der einen Pelzmantel trug.

Die warme Küche. Geschichten aus dem Schtetl.

Ich erinnere mich an einen Winterabend in der Küche.

Draussen bitterkalt, keine Menschenseele mehr in den verdunkelten Strassen.

Es ist Freitag. Ich sitze am Küchentisch und mache Schulaufgaben, das Licht der beiden Kerzen, die Mama zu Schabbath entzündet hat, auf meinen

Schulheften. Die Kerzen stehen in den beiden alten Messingleuchtern am Ende des Tisches gegenüber dem Fenster.

In der Küche ist es wohlig warm, der einzige geheizte Raum in der Wohnung. Der Rolladen ist heruntergelassen, das Fenster mit einer alten, grauen Wolldecke verhängt. Auf dem kleinen grünen Kachelofen summt der eiserne Wasserkessel. Auf seinem umgedrehten Deckel steht das Teekännchen mit Essenz. Wer mag, giesst sich ein Glas Tee ein. Man trinkt ihn meistens ohne Zucker, Zucker ist rationiert.

Leute kommen herein, jedesmal flackern die Kerzen im eisigen Luftzug, wenn die Küchentüre aufgeht.

Alle sitzen um den Küchentisch - Grossmutter Necha, Grossmutter Frieda, Papa, Mama, eine Nachbarin, zwei Flüchtlinge - Herr Weissenberg und Herr Torten. Die Gesichter erscheinen rosig angemalt im Kerzenlicht.

Ich halte mir die Ohren mit den Zeigefingern zu. Ich muss mich auf die Schulaufgaben konzentrieren, ich habe eine Prüfung am nächsten Tag. Ich darf mich nicht ablenken lassen, doch von Zeit zu Zeit nehme ich die Finger aus den Ohren. Ich will zuhören, was die Erwachsenen reden.

Man redet von Krieg: Die Deutschen rücken immer weiter vor. Man redet von Verfolgung, Mord an den Juden.

Verfolgung und Mord geht die Juden, der Krieg geht alle an.

„Wer weiss, wie lange wir noch hier ruhig sitzen können!" sagt Mama. Ihre Stimme klingt bange.
Die Nachbarin, nickt:" Genau dasselbe denke ich jeden Tag!"
"Dreimal bin ich schon geflüchtet, zweimal vor den Kosaken und einmal vor den Deutschen." Grossmutter Necha murmelt es in das Gebetbuch, das sie immer vor sich hat."Und wohin sollen wir jetzt flüchten?"
"Die Deutschen werden die Schweiz nicht besetzen!"
"Und warum nicht?"
"Weil sie selber ein Land brauchen, in welches sie später flüchten können!"
 Das ist Papa, immer zuversichtlich, unerschütterlich in seinem Optimismus.
"Und wieso bist du so sicher, dass sie den Krieg verlieren werden?"
"Hitler wird den Krieg verlieren! Es kann gar nicht anders sein! Solange ein Gott im Himmel lebt!" Grossmutter Friedas Hand weist mit beschwörender Gebärde nach oben.
"Es hat noch kein Volk überlebt, das das jüdische Volk angegriffen hat!", sagt Herr Weissenberg. Seine Stimme bebt ein wenig.

Man schweigt. Beklommenheit und Angst.
Ich verstopfe mir wieder die Ohren.

Nach einer Weile bemerke ich, dass sich die Gesichter aufzuheitern beginnen, die Angst scheint zu weichen.
Man lächelt, man lacht.....?! Darf man lachen ?!....

Ich nehme die Finger aus den Ohren. Grossmutter Frieda erzählt von ihrer Jugend...Mit eineinhalb Jahren wurden wir einander versprochen...unsere beiden Väter trafen sich auf dem Bauplatz...sie bauten zusammen ein Haus...einer hatte einen Jungen auf dem Arm, der andere ein Mädchen. Mit acht Jahren wurden wir verlobt. Man trank Schnaps drinnen und besprach sich über die Mitgift, wo wir wohnen werden, wer uns verköstigen werde, während er studiert....währenddessen tobten wir draussen....Mit Sechzehn wurden wir verheiratet. Ich zog das Brautkleid an und ging in die Häuser zu meinen Freundinnen, um es zu zeigen. So kindlich war ich noch...!

Grossmutter Necha erzählt von ihrer Kuhmagd, die ihr treu gedient hatte, bis die Kosaken kamen und raubten....Auch du, Marischa ?....Was weiss ich! Alle nehmen, da nehme ich auch....!

Auch die andern erzählen. Geschichten aus vergangener Zeit, Geschichten, wie man sie sich im Schtetl erzählte....in Deutschland und irgendwo auf der Welt....

Die Gesichter am Küchentisch haben die Jahre verblassen lassen. Dieser Freitagabend und andere Abende in der Wärme und Geborgenheit in unserer Küche, einige der Geschichten, die man erzählte und die Angst damit bannte, sind mir in Erinnerung geblieben.

Emigranten. Flüchtlinge. Josef Schmid.
Gertrud Kurz

Was verstand ich von den Tragödien der Flüchtlinge, jung, dumm und unreif, wie ich war, noch dazu beschäftigt mit Problemen eines heranwachsenden Menschen, Jungmädchensorgen!

Grossmutter Necha war 1938, nachdem Österreich besetzt worden war, zu uns in die Schweiz geflüchtet, nachdem man für sie eine Kaution bezahlt hatte. Papas Schwester, Etka, erhielt keine Erlaubnis, in die Schweiz einzureisen. Sie konnte nach London fliehen, wo sie eine Schweizer Freundin von Mama, Esthi Chaikin, als Dienstmädchen angefordert hatte.

Nur so nebenbei vernahm man, dass die Nazis in Wien Grossmutter Necha gezwungen hatten, die Strasse vor ihrem Haus auf den Knien mit einer Handbürste zu reinigen. Sie klagte selten über irgendetwas.

Vor dem Krieg nannte man sie Emigranten, während des Krieges waren es Flüchtlinge.

Darunter befanden sich namhafte Künstler. Ich erinnere mich an den Dirigenten Otto Ackermann, den Sänger Andreas Böhm.

Während des Krieges wurden Flüchtlinge in Arbeitslagern untergebracht. Sie wurden im Strassenbau oder in der Landwirtschaft beschäftigt.

Eines Tages hörte man, dass Joseph Schmid, der berühmte Tenor, in einem Arbeitslager gestorben sei. Grossmutter Frieda weinte, als sie es vernahm. Sie hatte ihn in Berlin gehört und immer von seiner Stimme "mit dem besonderen Timbre" geschwärmt.

Manche behaupteten, er hätte die schwere Arbeit im Arbeitslager nicht ausgehalten, andere, er sei an einer Lungenentzündung, die nicht rechtzeitig behandelt worden war, gestorben, und nach einer dritten Version, er sei an einer Herzkrankheit zugrunde gegangen.

Um die Emigranten und Flüchtlinge kümmerte sich, soweit ich weiss, in Bern vor allem die jüdische Gemeinde, mehrere wohltätige Vereine, denen Papa als Präsident vorstand, ein jüdisches Ehepaar, Bollag. Unter den Christen, die sich der Flüchtlinge annahmen, ragte besonders eine Frau hervor: Frau Gertrud Kurz. Sie wurde zur legendären Flüchtlingsmutter.

Illegal über die Grenze

Es war, glaube ich, etwa im dritten Kriegsjahr, da wurden keine jüdischen Flüchtlinge mehr in die Schweiz hereingelassen. Eines Abends, ich kam gerade von einem Treffen mit meinen Freunden heim, fand ich sechs junge Männer und Frauen im Zimmer, das ich mit Grossmutter Frieda teilte. Sie lagen zu dritt in Grossmamas und meinem Bett. Mama stand auf und erklärte mir, es seien Flüchtlinge, die illegal über die Grenze gekommen seien und am nächsten Morgen wieder versuchen wollten, über die Alpen irgendwie an einen Mittelmeerhafen zu gelangen. Dort hofften sie, mit dem Schiff nach Palästina zu entkommen. Grossmutter Frieda schlief auf einem Sofa im

Wohnzimmer und für mich hatte Mama auf einer Couch im Elternschlafzimmer gebettet.

Vor Morgengrauen machten sich die Flüchtlinge wieder auf den Weg. Mama hatte Kleider und Schuhe für sie zusammengesucht und gab ihnen ein wenig Proviant mit.

Von da an übernachteten öfters Flüchtlinge bei uns, die von Schleppern, die sie wahrscheinlich mit dem Letzten, das sie hatten, bezahlten, illegal über die Grenze gebracht wurden. Mama sammelte Kleider und Schuhe bei Freunden und Bekannten, um sie einigermassen für die Flucht über die Alpen auszurüsten. Ich erinnere mich an eine junge Frau, die trug ein paar leichte Sandaletten mit hohen Absätzen. Mama hatte keine passenden Schuhe für sie.

Einige der müden, verzweifelten Gesichter sind mir schemenhaft in Erinnerung geblieben. Damals ging mir, glaube ich, zum ersten Mal ein Licht auf, dass Flucht nicht einfach Abenteuer bedeutete.

Ob die Flüchtlinge, die bei uns übernachtet haben, je angekommen sind, weiss ich nicht. Wir hörten nie mehr von ihnen. Es gab ja auch Flüchtlingsschiffe nach Palästina, die die Briten vor der Küste wieder zurückgeschickt haben.

Konzentrationslager, Massenvernichtung.

Wir wussten, dass es zwei Konzentrationslager gab: eines im französischen Gurs, das andere in Dachau. Von Gurs übermittelte Mama Briefe zwischen zwei Eheleuten. Die Briefe - sie begannen mit "Geliebtes!" - blieben eines Tages aus.

In Dachau, so wusste man, wurden Juden auf bestialische Art misshandelt, erschossen. Von Massenvernichtungen, Vergasungen wusste man nichts. Oder hatte man davon gehört, aber nicht geglaubt?

Viel später erfuhren wir von Auschwitz und den andern Konzentrationslagern und noch später von den Gaskammern.

André in der Uniform. Wem gehört die Musik?

Mein Freund André arbeitete als Beamter im Bundeshaus. Das war eine Ausnahme. Juden waren selten beim Bund angestellt. Auch im Militär hatten sie, so erzählte André, wenig Chance, einen höheren Grad zu erlangen.

Er selbst war Korporal. Ich fand ihn blendend aussehend in der Uniform. Wir spazierten auf der Bundesterrasse und der Aare entlang, wenn er auf Urlaub kam, und ich war stolz, neben ihm zu gehen. Später hörten wir Schallplatten bei ihm zuhause. Er hatte eine wunderbare Sammlung. Durch ihn habe ich die grossen klassischen Werke der Musik kennengelernt. Beethovens Pastorale war meine liebste Symphonie.

André war neun Jahre älter als ich und ein Freund, wie ich es mir nur wünschen konnte, gross, gutaussehend, sportlich, Autorität für mich und Beschützer. Mit seinen sechsundzwanzig Jahren war er im Vergleich zu mir ein reifer Mann. Ich bewunderte ihn sehr. Schade, dass er mich zu früh mit einem Heiratsantrag überrumpelte!

Einmal bemerkte ich zu ihm: "Wir hören Beethoven, Mozart, Brahms, Bach, Haydn, Schubert, Schumann... alles deutsche Komponisten, alle gehören dem Volk an, das uns Juden ausrotten will. Schnabel, der deine Mozartsonaten spielt, ist Jude...Wem gehört die Musik?"

André dachte nach. "Es haben sich immer Völker bekriegt, z.B. die Engländer und die Franzosen. Als sie wieder friedlich waren, haben sie nicht gefragt, woher die berühmten Komponisten, Philosophen und Dichter stammen. "

"Aber es ging um politische Dinge, Landeroberungen, was weiss ich...Nicht darum, dass einer den andern vernichten, ganz ausrotten wollte."

"Glaubst du, die grossen Komponisten waren alles Heilige, ethische Genies? Und doch haben sie grossartige Musik geschrieben, die in einem nur gute, vielleicht sogar erhabene Gefühle erwecken. Musik ist Kulturgut, das der ganzen Menschheit gehört."

„Mir kommen wirklich manche Werke wie göttliche Botschaften vor.....Vielleicht sucht sich Gott Genies aus, um sie als Sprachrohr zu benützen. Die Bibel wurde auch von Menschen geschrieben. Juden haben sie geschrieben - selbst das Neue Testament, - Jesus war ja Jude - und sie gehört doch allen Menschen......!",sagte ich nachdenklich.

André lächelte und zauste mich liebevoll im Haar. Immer wieder amüsierte er sich über meine Einfälle, über meine Fragen und romantischen Vorstellungen.

Neutralität , Skier für Russland

"Glaubst du, dass Hitler auch die Schweiz überfallen wird wie die andern neutralen Länder", fragte ich André ein anderes Mal.
"Ich glaube nicht, obschon die Fröntler nur darauf warten. Sie bekämen dann wichtige Posten. Und warum sollte er die Schweiz eigentlich angreifen? Er hat freien Durchgang und wir liefern ihm, was er braucht. Übrigens haben wir auch den Russen Skier geliefert. Aus schlechtem Holz allerdings!", fügte André zu und grinste.
"Aber die Russen haben doch das kleine Finnland überfallen!" Ich war entsetzt.
André lachte mich aus. "Was meinst du, es geht im Krieg um Moral?
Abgesehen davon. Wir werden uns wehren, nicht wegen der Juden. Aber die Schweizer hassen die Schwoben. Vielleicht wegen ihrer Grossmäuligkeit. Für sie sind wir doch nur die Kuhschweizer. Ausserdem hat der Schweizer immer für seine Freiheit gekämpft."
"Und was ist mit den Fröntlern?"
"Eine miese Bande, Landesverräter! Eines Tages wird man ihnen eins auf die "Schnurre"geben. "Es war sonst nicht André`s Art, sich grob auszudrücken.

Russland und Kommunismus

Kommunismus galt damals so schlimm wie Nationalsozialismus.

Was wusste ich von Russland!? Ich hatte ein paar russische Bücher gelesen, Dostojewski, ein Buch von Gogol, das mir André geschenkt hatte. Ich kannte das Wolgalied, Grossmutter Frieda war mit einem Ehepaar befreundet, welches vor der Revolution in der Schweiz Medizin studiert hatte und dann nicht mehr zurückkehren konnte. Sie sprachen sich, Mann und Frau, per "Sie" an, ich fand das komisch.

Von der Revolution hatte ich romantische Vorstellungen. Ich stellte mir sie etwa wie die französische Revolution vor.... Liberté, Fraternité, Egalité auf die Fahne geschrieben.....alle Menschen sind gleich, alle haben dieselben Rechte, es gibt nicht mehr Arme und Reiche...eine echte, eine ideale Demokratie....

Ich verstand nicht recht, warum der Kommunismus so verpönt war. Aber als der Krieg ausbrach, war Russland auf der Seite der Deutschen. Die Russen überfielen das kleine Finnland. Sie gehörten also zu den Bösen. Wie vereinigte sich das mit dem Eldorado der Menschenrechte und Humanität? Ich konnte es nicht verstehen. Ich war zutiefst enttäuscht.

Als sich Russland später zu den Alliierten schlug, - zwangsläufig, nachdem es von den Deutschen angegriffen worden war - war ich erleichtert.

Man freute sich allgemein darüber. Man spekulierte, dass es Hitler gleich wie Napoleon ergehen werde, dass ein Winterfeldzug gegen Russland die deutsche Wehrmacht entscheidend schwächen würde.

Im Landdienst. Es gibt auch gute Juden.

Für Schüler wurde der Landdienst eingeführt. Sie sollten auf den Bauernhöfen helfen, wo die Männer an der Grenze standen.

Ich wurde einem Grossbauernhof in Ortschwaben bei Bern zugeteilt. Der Dienst dort gehört zu meinen besten Erinnerungen.

Die junge Bäuerin hatte eine Landwirtschaftsschule besucht. Ich lernte eine Menge von ihr - Brot backen, Butter bereiten, mit der Nähmaschine Flicken einsetzen.

Meine Aufgaben bestanden darin, die Kälber zu tränken, das Futter für die Hühner zu bereiten, die Hühner mit--- piiiip - pipipipipipip--piiiip - pipipipipipip - zusammenzurufen, die Eier einzusammeln - weiss Gott, wo sie sie überall versteckten - den Vorplatz zu fegen (bitte, nur am Vormittag, nie am Nachmittag, die Nachbarinnen könnten die Mäuler aufreissen...). Daneben half ich beim Kochen, beim Backen, beim Flicken. Am Abend sassen die Bäuerin und ich zusammen, stopften Socken und plauderten. Sie berichtete mir vom Bauernleben, ich erzählte ihr von der Pastorale, sang ihr Melodien daraus vor.

Freitag abends ging ich nach Hause und brachte jedesmal ein Huhn mit, vier Wochen lang. Die

Bäuerin suchte mir eine fette Henne aus, die nicht mehr legte. Sie zeigte mir auch, wie man erkennt, ob ein Huhn noch legt- mit Daumen und Zeigefinger den Abstand der hinteren Knochen abmessen, es muss genug Platz sein, damit ein Ei durchgehen kann...

Am Sonntag Morgen ging ich wieder hin, meinen Dienst anzutreten. Es war Frühling und ich wanderte fröhlich singend durch den morgenfrischen Bremgartenwald.

Ich schlief in einer Kammer unter dem Heuboden. Über meinem Kopf jagten die Mäuse und die Ratten in Scharen vorüber. In der Decke entdeckte ich ein Loch. Ich wagte kaum hinaufzuschauen. Ich hatte Angst, eine Ratte könnte durch das Loch auf mich herunterfallen. Das war das einzige, was mich im Landdienst störte.

Jeden Morgen weckte mich Giovanni, ein desertierter italienischer Soldat aus Sizilien mit einem italienischen Lied, das er, wie er sagte, eigens für mich sang, während er die Pferde striegelte. Ich verständigte mich mit ihm mit meinem Schullatein.

Jeden Tag gab es Rösti und Milch zum Frühstück. Man sass um einen langen Tisch, die Bauersleute, der alte Vater, der Melker, die andern Knechte. Der Melker senkte sein Gesicht tief über seine Milchschüssel. Wenn er den Kopf wieder hob, rann ihm die Milch von den beiden langen Schnurrbartspitzen herab.

Am Sonntag frühstückte die Bäuerin mit mir alleine. Noch heute schmecken mein Gaumen und meine Zunge den Geschmack des guten, dunklen Bauernbrotes, der frischen Butter und der Holunder-konfitüre.

Den alten Bauern, den Schwiegervater der Bäuerin, der nebenan im Stöckli wohnte, mochte ich besonders gerne. Er hatte eine feine, gemessene Art zu sprechen.
Eines Tages war die ganze Familie versammelt: der junge Bauer, die Bäuerin, der alte Vater und seine beiden älteren Söhne. Man sprach über irgendwelche Uneinigkeiten zwischen Katholiken und Protestanten. Plöztlich meinte der alte Bauer: "Wir dürfen doch nicht so über die Katholiken herziehen. Am Ende ist unser Dorli - das war ich - auch katholisch !" Nein", entgegnete ich. "Ich bin jüdisch!"
Langes, verlegenes Schweigen. Schliesslich brach es die Bäuerin mit der Bemerkung: "Es gibt auch gute Juden!"

Antisemitismus, Wem gehört die Erde?

Ein oder zwei Jahre vor der Matura wollte John (Dr. Kropf),unser Klassenlehrer, mit meinen Eltern spre-chen. Er schlug ihnen vor, einen Einbürgerungs-antrag für mich zu stellen. Als Ausländerin würde meine Matura nicht für ein Studium mit eidgenössischem Abschluss anerkannt werden. Ich hätte somit auch keine Arbeitsmöglichkeit in einem akademischen Beruf.
Juden wurden zu dieser Zeit nicht eingebürgert. Aber da ich in der Schweiz geboren war, Mama

Schweizerin war, die ihre Nationalität verloren hatte, als sie Papa heiratete, meinte man, dass ich doch Chancen hätte. Eigentlich war ich Polin, da Galizien, aus welchem Papa ursprünglich stammte, nach dem Ersten Weltkrieg von Österreich zu Polen geschlagen wurde. Ich hatte keinerlei Beziehung zu Polen, auch Papa hatte in der Schule Deutsch gelernt.
Ich hatte mir nie Gedanken darüber gemacht, mich nicht als Ausländerin gefühlt.

Esther Buess und andere wollten sich im Namen der Klasse für mich einsetzen. Mama gab als Referenz Freunde an, mit welchen sie die Notariatsschule in Bern beendet hatte. Eine wichtige Referenz war meine von mir vom ersten Schultag an verehrte Primarschullehrerin, Frau Martha Leist. Die Sympathie war gegenseitig. Sie lud mich auch in späteren Jahren öfters ein. In ihrem Häuschen neben der Friedenskirche verbrachte ich manchen gemütlichen Sonntagnachmittag.
Frau Leist war die Schwägerin von Bundesrat Nobs, dem ersten sozialdemokratichen Bundesrat .

Es wurde eine lange Prozedur.
Ich wurde zu Gesprächen auf ein Amt aufgeboten. Dort empfing mich ein freundlicher, älterer Herr. An seinen Namen kann ich mich nicht mehr erinnern. Ich freute mich jedesmal, wenn er mich bestellte. Eines Tages las Mama seine Todesanzeige im Anzeiger. Ich verkroch mich ins Bett und weinte.

Zu seinem Nachfolger, einem Herrn von Reding, wurde ich höchstens zweimal vorgeladen. Von Anfang an fühlte ich seine Abneigung.

"Was willst du werden?", fragte er mich mit maliziösem Lächeln." Aha, Fangfrage", dachte ich, " Juden sind entweder Händler oder Akademiker."

Ich antwortete wahrheitsgetreu: "Ich nähe gerne. Eigentlich wollte ich Kunstgewerbe erlernen. Aber ich glaube, ich bin nicht genug begabt dazu. Vielleicht werde ich Medizin studieren."

"Und zu Medizin glaubst du, genug begabt zu sein?" Sein Lächeln schien mir noch maliziöser. Es liess mich irgendwie erstarren.

Herr von Reding gab mir bald zu verstehen, dass ich keine Aussicht auf eine Einbürgerung hätte.

"Da bürgern wir Euresgleichen ein, dann heiraten sie irgend eine Chaje oder Sore", war sein Argument.

Ich verstand nicht genau, was er meinte, nur dass er meine Einbürgerung nicht befürworten würde. Tatsächlich erhielten wir eine Ablehnung des Gesuches mit der Begründung: "nicht genügend assimiliert."

Bundesrat Nobs, er war zu dieser Zeit in die Regierung gewählt worden, liess mir durch Frau Leist ausrichten, wie sehr er die Abweisung bedaure. Ich möge es nicht schwer nehmen. Sie sei nicht gegen meine Person gerichtet. Die Gründe lägen in der derzeitigen Politik.

Wer bin ich? Wohin gehöre ich? Wem gehört die Erde?

Heute würde man es Identitätskrise nennen. Ich war wie erschlagen nach dem Bescheid. Wer bin ich? Zu wem gehöre ich? Ausgestossen, minderwertig! Gehöre nicht mehr zu denen, mit denen ich aufwuchs, deren Sprache ich sprach, zu denen ich mich immer zugehörig gefühlt hatte.

Ein sonntäglicher Spaziergang im Wald..... Ich fühle den weichen Waldboden, vernehme das Rascheln des Laubes, das Knacken der trockenen Zweige unter den Füssen, schaue dem emsigen Kriechen eines Käfers zu, betrachte die Sonnenflecken in den Bäumen, höre dem Gezwitscher der Vögel zu....
......Wem gehört die Erde? Wem gehört die Natur? Wem gehört das Stück Himmel über mir?
......Wer zieht die Grenzen, und wer bestimmt, wer innerhalb der Grenze leben darf? Wer grenzt mich aus?......

Die jüdische Religion. Ehre und Fluch des Auserwähltseins.

In meiner Schulklasse war das Verhältnis unverändert herzlich, nichts hatte sich äusserlich zwischen meinen Freunden und mir geändert, so als ob ich zu ihnen gehörte wie eh'und je. Aber ich selber fühlte mich plötzlich fremd. Wenn ich ein Schweizer Lied sang, hielt ich jäh inne. Hatte ich überhaupt das Recht, Schweizer Heimatlieder zu singen? Was denken die andern von mir, etwa, dass ich mich aufdrängen wolle? Etwas nehmen, was mir nicht gehört?

Meine Niedergeschlagenheit war nicht zu übersehen. Papa hatte die Absage gelassen hingenommen, aber Mama war zutiefst getroffen. Sie versuchte, mich zu trösten, wahrscheinlich noch mehr sich selbst. "Es geht ja nicht gegen dich, sondern gegen deine Religion."

Ich erinnere mich an ihre Worte: "Aber Du kannst stolz sein, dass du Jüdin bist. Die Juden sind ein vornehmes Volk. Ich habe noch nie von einem jüdischen Mörder gehört, und ich bin noch nie einem betrunkenen Juden begegnet."

"Aber warum hasst man uns dann? Warum wollen die Deutschen uns vernichten, wie Ungeziefer ausrotten?"

"Vielleicht ist das eine Prüfung von Gott. Die Juden haben schon viele solcher Prüfungen durchgestanden."

"Und warum gerade wir?"

"Weil Gott uns auserwählt hat!"

"Und wozu sind wir auserwählt?"

"Wir sind dazu auserwählt, Gottes Gebote unter die Völker zu bringen. Es sind Gebote der Menschlichkeit, der Gerechtigkeit. Es sind soziale Gebote. Wir haben den Sabbath, den Ruhetag unter die Völker gebracht, die grösste Sozialtat, die es je gab. Jesus war ja auch Jude. Was er gepredigt hat, war jüdische Lehre. Nur das von der andern Backe, die man dem Schlagenden zuwenden soll, ist nicht jüdisch. Es heisst, dass man sich wehren soll, wenn man angegriffen wird. Aber haben sich die Juden gewehrt? Sie haben immer die andere Backe hingehalten. Das hat ihnen den Ruf der Feigheit eingebracht. In Polen und in Russland gingen die Leute in die Kirche, beteten und bekreuzigten sich, dann gingen sie hinaus und machten Pogrome, metzelten Juden nieder im Namen Jesus, weil sie ihn angeblich gekreuzigt hätten. "Und stimmt das?" Mama erregte sich: "Es ist eine Lüge! Kreuzigung war keine Art der Todesstrafe bei den Juden. Aber man hatte ein gutes Mittel gefunden, um Hass gegen die Juden zu schüren."

Wozu braucht es eine Religion?

Papa war Schriftgelehrter, er kannte die Thora und den Talmud und alle heiligen Schriften im Urtext. Sein Leben lang hat er sie weiter studiert. Christen und Juden kamen zu uns, um Papa zu befragen und mit ihm zu diskutieren.

Mama kannte die Lutherbibel, glaube ich, auswendig, das Alte und das Neue Testament, und sie sprach gerne über Religion.

"Nach Hillel besteht die jüdische Lehre aus einem einzigen Satz, den man auf einem Fuss stehend sagen kann: Was du nicht willst, das man dir tut, füge auch keinem andern zu!", pflegte sie den grossen Rabbi zu zitieren. (Hillel lebte im letzten Jahrhundert vor der Zeitrechnung, wurde etwa 30 Jahre vor Christus geboren.)

"Wenn das so einfach ist, wozu braucht man dann die ganze Religion mit allen Geboten und Verboten?", frage ich.

"Ohne die Religion wäre ich ein Verbrecher", antwortet Papa. Ich lache hell auf. Papa ein Verbrecher!? Es gab keinen anständigeren, ehrlicheren, feineren Menschen als ihn. Aber ich glaube zu verstehen, was er meint.

"Du meinst also, dass es ein Gesetzbuch geben muss, wo genau alles darin steht, was gefällig, erlaubt und verboten ist und eine Autorität, die darüber wacht, dass alles nach dem Gesetz ausgeführt wird. Gott, der straft und belohnt? "

"Aber ist das alles?", insistiere ich.

"Nein, Gott ist das Mass der Gerechtigkeit. Und er ist ein erbarmungsvoller Gott. Er ist wie ein Vater, er liebt und verzeiht. Man kann zu ihm beten, wenn man in Not ist!"

"Wozu braucht man dann alle die Äusserlichkeiten der Religion? Die Riten, die Feste, die Gebräuche?"

"Der Mensch braucht auch etwas, das er greifen und sehen kann und auch Dinge, an denen er sich freut, nicht nur Pflichten."

Papa erzählt mir die Geschichte vom Rabbi und den Käsetaschen:

Zu einem Rabbi kommt ein einfacher Fuhrmann. "Rabbi", klagt er, "ich habe schwer gesündigt!"

"Und womit hast Du gesündigt?"

"Es war Wochenfest (Pfingsten), und ich habe meine Frau nicht daran erinnert, Käsetaschen zu bereiten."

Der Rabbi denkt nach. "Nächstes Mal soll Deine Frau doppelt so viele Käsetaschen bereiten. Dann ist Dir Deine Sünde vergeben."
Der Fuhrmann bedankt sich und geht beglückt nach Hause.
Die Jünger bestürmen den Rabbi. "Wie konntet Ihr auf so eine dumme Frage überhaupt eingehen und dem Mann einen solchen Rat geben?"
Der weise Rabbi lächelt, und er belehrt seine Jünger:" Wenn ich dem Mann die Käsetaschen wegnehme, beraube ich ihn seines ganzen Glaubens".

Palästina, Zionismus.

Es leuchtete mir ein, was Papa mir erklärte.
Aber was hatte die Verfolgung der Juden in Deutschland mit der Religion zu tun? Da war doch in Bern ein evangelischer Pfarrer, der aus Deutschland flüchten musste, weil er jüdischer Abstammung war!

Ich war eine Jüdin, ich hatte keine Heimat, ich lebte auf Gnade in einem Land, trotz Religionsfreiheit. Und wo sind meine Wurzeln? Habe ich keine Wurzeln wie die andern?
"Stimmt, wir stammen nicht von Wilhelm Tell ab, und nicht von Winkelried," sagte Papa. "Unsere Vorväter sind nicht am Rütli zusammengestanden und haben einen Bund geschworen."
"Dafür aber stammen wir von Jakobs Sohn, Levi, ab. Wir sind Leviten, unser Stamm hat im Tempel

von Jerusalem gedient. Mit Gottes Hilfe wird das jüdische Volk in sein Land zurückkehren und den Tempel wieder aufbauen. Wenn der Krieg vorbei ist, und wir noch am Leben sein werden, schicken wir dich nach Eretz Israel."

Eretz Israel war der biblische Name des damaligen Palästina, das britisches Mandat war. Papa hatte einen Bruder und Mama eine Schwester, die dort mit ihren Familien lebten. Ich schaute Bilder von Eretz Israel an, ich sah lauter Landarbeiter, Frauen und Männer, die den Boden bearbeiteten. Es ist ein Land wie jedes andere, erzählten die Eltern, mit Bauern und Handwerkern, nicht nur Kaufleute, Musiker und Akademiker. Im Gegenteil, Juristen und Ärzte kommen dorthin und arbeiten auf dem Land oder auf dem Bau.
Ich war begeistert. Ich würde in einem Land wie jedes andere leben, eine Heimat besitzen, eine Heimat, wo meine Wurzeln waren, wo meine Urahnen gelebt haben, und wo mich niemand ablehnen, ausgrenzen wird.
Und ich würde nie die andere Backe hinhalten!

Gedanken über den Krieg.

Ich war ein Spätzünder. Ich brachte wohl gute Schulnoten heim, konnte mich an ernsten Gesprächen beteiligen, doch hielten mich die Eltern für kindlich, verspielt, verträumt, wahrscheinlich mit Recht. Sie wunderten sich, dass ich keine Zeitungen las, mich nicht für Politik interessierte, kaum das Kriegsgeschehen verfolgte, amüsierten sich, dass ich ausser General Guisan keinen General mit Namen kannte.

Andererseits begann ich, über Krieg nachzudenken. Krieg bedeutete nicht mehr das grandiose Abenteuer für mich, schliesslich war ich doch älter und reifer geworden.

Der Geschichtsunterricht in der Schule langweilte mich meistens. Da wurde Krieg an Krieg aneinandergereiht. Bla-bla- da kam es zur Kriegserklärung - bla-bla - Schlacht von sowieso - Schlacht von dort und dort, glänzender Sieg- schwerste Niederlage - Tausende von Gefallenen - Friedensvertrag - das Gebiet fiel unter die Herrschaft von.........

Mich interessierten die kulturellen und sozialen Entwicklungen, der Monotheismus des Echnaton, Humanismus, Aufklärung, die französische Revolution und ganz elementar Menschliches. Wie wurden die Kinder im Altertum und im Mittelalter erzogen? Hatten sie Spielzeuge? Wie hat man gewohnt? Was hat man damals gegessen?

Wenn Mama und ich am Sonntag miteinander musizierten, wollte Papa immer sein Lieblingslied hören: "Die beiden Grenadiere" Zwei schwer verwundete Grenadiere wandern aus der russischen Gefangenschaft heim nach Frankreich. Ihr Kaiser, Napoleon, ist gefangen. Nicht Weib, nicht Kind schert sie, nur für den Kaiser wollen sie sterben.

Das Lied endet mit der Marsaillaise. Der grösste Triumph des sterbenden Grenadiers:
"Da reitet mein Kaiser wohl über mein Grab...."

Wie haben Staatsmänner wie Napoleon die Männer dazu gebracht, für sie in den Krieg zu ziehen, für sie zu sterben? Wieso zogen Männer, Väter, Söhne in den Krieg, um Männer, Väter, Söhne zu töten und sich töten zu lassen?!"
Gäbe es keine Grenzen, wäre die Welt offen, würde es keinen Krieg mehr geben!

Und doch war dieser Krieg nicht wie alle Kriege! Dieser Krieg war ein gerechter Krieg. Man musste ihn führen. Der Böse hat angegriffen, man verteidigt sich nicht nur gegen den Angreifer, man kämpft gegen das Böse schlechthin. Und wer gegen das Böse kämpft, ist ein Held!

Grossmutter Necha klagt nicht. Wen Gott liebt, dem sieht man sein Leid nicht an.

Im September 1942 verliess uns Grossmutter Necha. So still, wie sie gelebt hatte, so still starb sie. Es war wie ein leises Verstummen.
Etwa vier Wochen vor ihrem Tode hatte sie das erste Mal geklagt. Ein Arzt wurde herbeigezogen. Er fand ihren Bauch voll von Krebs.
Klagen gehörte nicht zu dem Frauenbild, zu welchem sie erzogen worden war, nicht zu der Rolle, die sie sich selber auferlegt und ein Leben lang gespielt hatte, die Rolle der vornehmen,

gelassenen, bescheidenen Frau. "Man muss hinunter schauen, nicht nach oben", war ein Ausspruch von ihr, "Mit dem Ärmeren soll man sich vergleichen, nicht mit dem, dem es besser geht".

Zu einer Bekannten hatte sie sich geäussert: "Wen Gott liebt, dem sieht man sein Leiden nicht an. Sehen Sie, ich bin blind auf einem Auge, und keiner weiss davon. Mich muss Gott wohl lieben!"

Leiden und Schmerz galten als Schwächen, und Schwächen zu zeigen, schämte man sich.

Grossmutter Necha hat nie ein Wort zuviel gesprochen. "Bevor ein Wort gesprochen wird, kann man es zurücknehmen. Wenn es ausgesprochen wurde, kann man es nie mehr zurücknehmen!", pflegte sie zu sagen.

Hätte sie vorher geklagt, hätte sie vielleicht länger gelebt. So hat sie nicht mehr erfahren, dass ihre Tochter in London zwei Jahre später ein Mädchen gebar. Dafür blieb ihr die Nachricht, dass Isaak, ihr ältester Sohn, mit Frau und drei Kindern von den Nazis umgebracht worden ist, erspart.

Matura. Was bedeutet das schon, durchzufallen?

Es bestand kein Grund anzunehmen, dass ich die Matura nicht bestehen würde. Ich hatte gute Erfahrungsnoten, vor allem in meinen Lieblingsfächern Deutsch, Mathematik, Latein und Chemie. Doch musste das Ritual zwischen den Eltern und mir seit Beginn meiner Schulzeit bis hin zum letzten medizinischen Examen immer wieder durchgespielt werden. Ich mit fast neurotischer Angst, durchzufallen, die Eltern mit ungefähr immer denselben Ermunterungs-versuchen.

"Du hast Angst, dass du durchfällst? Und wenn schon! Sowieso sind wir nicht davon begeistert, dass du studierst. Du sollst einen Beruf erlernen, um bald dein Brot zu verdienen. Im übrigen garantieren wir dir, dass du nicht durchfallen wirst!", waren die üblichen Worte.

Kurz vor Beginn der Prüfungen erhielt ich ein Konzertbillet geschenkt. Ich ging mit schlechtem Gewissen hin, kam mir fast verrucht vor, kurz vor den Prüfungen anstatt zu lernen ins Konzert zu gehen.

Man gab das Flöten- und Harfenkonzert von Mozart. Ich war, wie immer von klassischer Musik, so aufgewühlt, dass mir die Matura gar nicht mehr so wichtig vorkam. Was bedeutete schon eine Prüfung im Vergleich zu Krieg, Verfolgung, Flüchtlingen!?

Die dumme Angst blieb trotzdem.

Das Wesentliche erfassen. Himmel und Erde sind eins. Keine Grenzen mehr.

Ich fiel nicht durch. Ich bestand die Matura mit einer guten Durchschnittsnote.

Mein Aufsatz sei der beste des ganzen Jahrgangs gewesen, sagte Dr. Rhyn, unser Deutschlehrer. Er schrieb darunter: "Rein und reich."

Von den drei Wahlthemen hatte ich gewählt: "Wie erfreut die Natur unsere Seele!" Ich erinnere mich nur an zwei Passagen darin, und das auch nur ungefähr: "Eine Wanderung auf einen Berg, je höher man steigt, umso mehr verschwindet alles Kleine und Kleinliche, umso besser lässt sich die Tallandschaft überschauen, in ihrer Ganzheit, in ihrem Wesen."

Und die zweite Passage:" Eine Winterlandschaft. Alles schneebedeckt ... eine einzige, riesige, weisse Fläche... der Übergang zum weissgrauen Himmel kaum erkennbar ...eine unendliche Weite, ohne Grenzen......"

Wenn ich heute zurückblicke und mein Leben überdenke, gehörte das, was ich damals im Schulaufsatz unbewusst symbolisierte, zu mir und zu meiner Art. Bei jedem Problem klammerte ich unbewusst das Unwichtige aus, um das Wesentliche, das Ganze, das Prinzip zu erfassen .

Und immer träumte ich von einer Welt ohne Grenzen....

Medizinstudium

Papa war erst dagegen, dass ich Medizin studiere. Nach ihm hätte ich etwas Handfestes lernen sollen, etwa Schneiderin. Was nützte es Mama, dass sie studiert und die Notariatsschule beendet hatte? Als Ausländerin, die sie nach ihrer Heirat geworden war, hatte sie kein Recht zu arbeiten. Überdies, wenn ich während des Studiums heiratete, wären alle seine Mühen, mich weiter auszuhalten, umsonst gewesen..

Mama konnte ihn schliesslich überzeugen, dass ein Studium das Beste für mich sei. Schliesslich willigte er ein, allerdings unter zwei Bedingungen: Ich sollte vor Ende des Studiums nicht heiraten und später Forschung betreiben.

Ich versprach nichts. Die erste Bedingung habe ich nicht erfüllt, die zweite zum Teil schon.

Die Gründe, warum ich Medizin studieren wollte, abgesehen davon, dass ich mich für Naturwissenschaft interessierte, verriet ich niemandem.

Indirekt hatte es mit Papa zu tun: Erstens wiederholte Papa immer wieder, man müsse im Leben immer den schwersten Weg wählen, und Medizin schien mir, das schwerste Studium zu sein. Zweitens, und das vor allem hätte ich niemandem verraten - konnte ich kein Blut sehen. Selbst wenn ich von einer blutenden Wunde hörte, wurden mir die Knie flau, und ich musste gegen eine Ohnmacht ankämpfen. Ich wagte nicht, den Eltern davon zu erzählen." Man muss sich zusammennehmen!", war das geflügelte Wort im Haus. Wer sich nicht zusammennahm, war ein Feigling. Ein Feigling zu sein, schien mir fast so schlimm wie ein Lügner. Das Medizinstudium, so hoffte ich, würde meine Schwäche heilen.

Grossmutter Frieda politisiert nicht mehr.

Im Frühling 1944, als die Wohnung traditionsgemäss geputzt wurde, stieg Grossmutter Frieda auf einen Stuhl und vom Stuhl auf den schmalen grünen Kachelofen, um das Ofenrohr herauszumontieren und von innen zu reinigen. Temparamentvoll, wie sie war, riss sie so heftig daran, dass sie das Gleichgewicht verlor und auf die roten Steinfliesen des Küchenbodens stürzte. Sie hatte sich offenbar nichts gebrochen, aber von dem Augenblick an siechte sie dahin.

Still lag sie im Bett, kein Klagelaut kam über ihre Lippen. Sie wurde immer schwächer, doch erlaubte sie nicht, einen Arzt beizuziehen. Schliesslich wurde unsere Hausärztin, Frl. Dr. Eisenstädt gerufen. "Was wollt Ihr?", sagte diese, "die Grossmutter ist alt, sie hat das biblische Alter erreicht, ihre Zeit ist abgelaufen!"
Ich schrak zurück, als ich das hörte. Es war wie ein Todesurteil. Grossmutter Frieda war siebzig Jahre alt und die Hausärztin, schätze ich, nicht viel jünger. Grossmutter Frieda hatte mehrere komplizierte Operationen durchgemacht. Nach jeder Operation hatte sie sich rasch erholt, war lebhaft und interessiert gewesen wie immer. Dass es dieses Mal nicht so sein würde, konnte ich nicht fassen.

Grossmutter Frieda war nicht bei allen beliebt gewesen. Heute würde man sie als Snob bezeichnen. Sie konnte ungebildete Leute nicht ausstehen. Neureiche, die linkisch versuchten, sich vornehm zu geben, bedachte sie mit ihrem beissenden Spott.

Auch ich fürchtete Grossmutter Friedas Kritik. Obschon sie meine Schulzeugisse und Aufsätze unter ihren Bekannten herumreichte, gab sie mir selten ein gutes Wort. Vielleicht wollte sie mich zu noch besseren Leistungen anspornen.

Doch gab es anderes, wofür ich ihr dankbar war. Sie war es, die jeweils forderte, dass man mir ein neues Kleid kaufe. "Das Mädchen wächst heran, man kann sie nicht so herumlaufen lassen!..." Sie wählte die Kleider auch mit mir aus, und sie hatte einen untrüglichen Geschmack.

Im September 1944 starb sie. Ich sass neben ihr in den letzten Stunden. Mama war so verzweifelt, dass sie es nicht über sich brachte, ihre über alles geliebte und verehrte Mutter sterben zu sehen. Einmal berührte Grossmutter schwach meine Hand und hauchte: " Liebes....".

Das einzige Kosewort von ihr, an das ich mich erinnern kann....

Theateraufführung zugunsten der Flüchtlinge

Eines Tages regte Jonas Uschatz einer meiner Freunde aus unserem Kreis, eine Theateraufführung zugunsten der Flüchtlinge an. Wir waren begeistert. Man wählte das Stück "Jaàkobs Traum " von Richard Beer -Hoffmann. Jonas, ein ausgesprochenes Organisationstalent, beschaffte die Erlaubnis von der Stadtverwaltung, einen Theatersaal - ich glaube, es war der Alhambra-Saal im Hotel National -, gewann den jungen Walter Plüss als Regisseur. Die Schauspieler waren fast ausschliesslich junge Leute aus unserer Cliqué.

Ich spielte Jaàkobs Mutter, Rebekka, und deklamierte die Stimme der Quelle in seinem Traum.

Bei einer Probe fuhr mich Walter Plüss ärgerlich an: "Man hört Dich doch überhaupt nicht. Du musst lauter sprechen".

Ich war recht niedergedrückt. Mir schien, dass ich laut genug redete. Wie sollte ich es schaffen, dass man mich versteht?

Eines Tages ging ich an einer Gruppe der Heilsarmee vorbei. Eine der Heilsarmeefrauen sprach zu dem Kreis um sie herum. Ihre Stimme trug weit, man verstand jedes Wort.

Ja, das war es!

Bei der nächsten Probe erprobte ich, was ich der Heilsarmeefrau abgelauscht hatte. Ich "sang" meine beiden Rollen mit "Rufstimme". Ich schwelgte richtig in der Rolle, als ich die Stimme des "Quells", begleitet vom Motiv aus Smetanas "Moldau", deklamierte. Nach der Probe nahm mich Walter Plüss beiseite. Diesmal gratulierte er und hatte mir nur Freundliches zu sagen. Ich war so überwältigt, dass ich fast daran dachte, Schauspielerin zu werden.

Die Aufführung, glaube ich, war ein Erfolg. Der Saal war bis auf den letzten Platz besetzt, soweit ich mich erinnere. Man erzählte, dass Felix Salten, der Autor von "Bambi", sich unter den Zuschauern befand.

Von da an nannte mich André nur Rebekka - in Wirklichkeit mein zweiter Name.

Der Frieden ist ausgebrochen. Seid umschlungen Millionen.

Hätte Grossmutter Frieda am 8. Mai 1945 noch gelebt, hätte sie sicher unten an der Haustüre sturmgeläutet, heftig ein Extrablatt geschwenkt und heraufgeschrien:" Die Deutschen haben kapituliiiiiiert!"

Man wusste es ja schon einige Zeit. Dennoch versetzte mich die endgültige Bestätigung in einen Freudentaumel.
Frieden! - Das Böse ist besiegt! - Die Welt ist offen!
--Keine Grenzen mehr! - Eine einzige Welt für alle!
Alle Menschen sind gleich! - Nie mehr, nie mehr Krieg!

Alle Menschen vereint in einer einzigen, gewaltigen Symphonie!
- Seid umschlungen Millionen.....!

Traum eines jungen Menschen, als es noch Ideale und Utopien gab........!

Werdegang einer Augenärztin

Die Redaktion der „ophta" *hat die Kollegin und Autorin, Dr. Doris Safra gebeten, den Lesern ihren Werdegang zu berichten. Wie hat es die Kollegin hinbekommen, schon vor Jahren Ehe, drei Kinder und die Augenarztpraxis unter einen Hut zu bekommen?*

Studieren oder nicht studieren?

Als wir in der der letzten Gymnasialklasse nach unseren Berufsabsichten gefragt wurden, stand für mich fest: »Ich möchte Medizin studieren.» Meinem Entschluss war eine lebhafte Diskussion zwischen meinen Eltern untereinander und mit mir vorausgegangen. Für meinen Vater ergab Studieren keinen Sinn. «Nach ein paar Semestern heiratest du, und das Ganze war für die Katz'!» Eher sah er mich als Schneiderin – das könne man als Frau gebrauchen und damit könne eine Frau immer ihr Brot verdienen.

«Schau doch deine Mutter an, was nützt ihr jetzt ihr Studium?» Doch die Mutter widersprach vehement seiner Ansicht, mit Erfolg: Der Vater gab nach, aber nicht ohne zwei Bedingungen zu stellen: Ich musste versprechen, erstens nicht vor Abschluss des Studiums zu heiraten und zweitens etwas zu erforschen. Die erste Bedingung verstand man. Aber warum die zweite Bedingung? Projizierte mein Vater einen eigenen Wunschtraum, der sich nicht erfüllt hatte und sich nicht mehr erfüllen konnte, auf mich? Oder erinnerte er sich, dass ich als Kind immer die Dinge von Grund auf verstehen wollte? Prof. Kurz, einer meiner Chefärzte, nannte es später ein stark ausgeprägtes Kausalitätsbedürfnis. Warum gerade Medizin? Für die Medizin entschied ich mich nicht, um kranken Menschen zu helfen und der Menschheit zu dienen oder gar als Ärztin eine soziale Höherstellung zu erlangen, sondern vor allem aus Neugier und Interesse an Naturwissenschaft. Der zweite Grund waren Regeln meines Vaters: Du sollst im Leben nicht das Leichte, sondern immer das Schwerste auswählen. Zweitens: Wenn du eine Schwäche hast, strenge dich solange an, bis du sie überwunden hast. Medizin erschien mir nun als das schwerste Studium und meine Schwäche: Ich konnte kein Blut sehen. Schon wenn man von Blut sprach, wurden mir die Knie flau. Diese Schwäche hoffte ich in der Medizin zu überwinden.

Diese Regeln, die vielleicht in der damaligen Zeit wie die körperliche Abhärtung zum Konzept der Erziehung gehörten, habe ich bei aller Ehrfurcht vor meinem Vater und Liebe zu ihm meinen Kindern nicht weiter gegeben und auch selber nie strikt befolgt. Aber unbewusst haben sie immer mitgespielt.

Professoren und Assistenten

Die propädeutischen Fächer machten mir Spass, besonders die Chemie. In der Physik hingegen versagte ich kläglich, dank dem Assistenten, der die jungen Studentinnen mit sarkastischen Bemerkungen zu verunsichern suchte und in mir ein geeignetes Opfer fand. Ich erinnere mich noch an sein hämisches Grinsen, als meine Hände so zitterten, dass ich im Praktikum nicht einmal einen Korken in eine Flasche bekam. In den vorklinischen Fächern begeisterten mich vor allem die Physiologievorlesungen von Prof. von Muralt. Die erste klinische Vorlesung fand im Hörsaal der Inneren Medizin statt, und als erster Patient wurde ein junges

Mädchen mit Scharlach vorgestellt. Die Vorlesungen der Inneren Medizin waren für uns Studenten eher philosophisches Geplauder. Anders die Vorlesung der Gynäkologie von Prof. Guggisberg, ein gutaussehender Mann, der wie ein Grand Seigneur wirkte, wenn er ganz in weiss gekleidet mit einem grossen Gefolge von Assistenten den Hörsaal betrat. Seine Vorlesungen waren gut vorbereitet und klar. Zu Beginn des Semesters führte er einen Kaiserschnitt im Hörsaal durch. Zwei Studenten klappten zusammen – zu denen ich glücklicherweise dank grosser Anstrengung nicht gehörte. Die Vorlesungen in der Psychiatrie fanden alle Studenten grossartig. Sie begannen morgens um 7.15 in der ausserhalb Bern gelegenen psychiatrischen Klinik Waldau. Die knappen Plätze waren sehr begehrt, da auch Jusstudenten teilnahmen. Die Lehrmethode von Prof. Kläsi bestand darin, dass wir aufgrund der Erscheinung des Patienten auf seinen Menschentyp und daraus auf eine mögliche Diagnose schliessen sollten. Von Prof. Goldmann erinnere ich mich an den Ausspruch, Strabologie sei eher Philosophie als Medizin. Dass ich einmal in der Ophthalmologie und besonders der Strabologie tätig sein würde, ahnte ich damals noch nicht.

Professor Goldmann. Antrittsvorlesung als Dekan. Uni Bern

Die Dissertation

Im 9. Semester begann ich am Institut der Physio-logischen Chemie bei Prof. Abelin für meine Dissertation zum Thema Diätetische Beeinflussung des Alloxandiabetes zu arbeiten. Ich musste Ratten mit Diät behandeln, deren Langerhanssche Insel-zellen mit Alloxan zerstört worden waren, sodass sie kein Insulin produzierten. Die Diät sollte die Kohlehydrate ersetzen. Das ganze Institut duftete nach gerösteten Zwiebeln, Eier-, Fleisch- und Gemüsespeisen, die ich für die Ratten auf einem Bunsenbrenner zubereitete. Nach der Alloxan-Applikation wurden die Tiere zwei Tage ohne Futter gelassen und stürzten sich danach heisshungrig auf meine Gerichte. Eine biss sich an meinem Zeigefinger fest. Mit Todesverachtung erfüllte ich eine dritte Regel meines Vaters – du sollst dich immer zusammennehmen –, und versuchte meinen Ekel vor Ratten mit ihren langen, nackten Schwän-zen zu überwinden. Sonntags begleitete mich mein

Freund und zukünftiger Ehemann ins Institut, um mich nicht mit den Ratten allein zu lassen. Um die Ratten für die tägliche Untersuchung nicht in die Hand nehmen zu müssen, konstruierte ich einen Lift, der das Tier aus dem Käfig am Boden, das Tischbein entlang, nach oben direkt in die Waage führte. Unter meiner Diät nahmen sie zu, das struppige Fell wurde glatt und glänzend, die Chemiewerte im Blut und den Organen wurden normal. Prof. Abelin belehrte mich, das sei die Folge der cholesterinreichen Nahrung.

Hormone und Enzyme

Ausser dem Wohlergehen der Ratten galt mein Interesse einem anderen Problem: Was bewirkt ein Hormon wie das Insulin überhaupt? Dass es die Glukose, transportfähig gemacht, aus dem Blut in die Leber und die Muskeln befördere und dort auf dem Weg chemischer Umsetzungen zu Glykogen aufbaue, wurde uns gelehrt. Damit, so schloss ich, war Insulin nichts anderes als ein Katalysator. Waren also alle Hormone und Enzyme Katalysatoren chemischer Prozesse, die zum Aufbau von Substanzen, zur Produktion von Energie und elektrischer Impulse für das Nervensystem führten? Und so, spekulierte ich weiter, sind vielleicht auch die Gene Katalysatoren, die chemische Prozesse induzieren, die zu den differenzierten Substanzen beim Aufbau eines Organismus führen? In der Dissertation schrieb ich, dass die Entstehung von Tumoren und Missbildungen auf demselben Prinzip, auf fehlinduzierten chemischen Prozessen, gründen. Prof. Abelin fand, das sei zwar interessant, aber gehöre nicht zum Thema der Arbeit.

Das Staatsexamen

Bei der Prüfung in Ophthalmologie fragte ich den Patienten nach seinen Symptomen. Der wohl altabonnierte Examenspatient antwortete ohne Umschweife, er habe Tabes. Entsetzt rief ich:»Das dürfen Sie mir doch nicht sagen!» Hinter mir hörte ich schallendes Gelächter: Prof. Goldmann hatte die Szene mit angehört. Das zweite Erlebnis hatte ich mit Prof. Guggisberg. Nach der ersten Prüfung, bei welcher er mir eine Sechs gegeben hatte, trat er auf mich zu und fragte auf Hochdeutsch
«Wo sind Sie geboren?» Wahrheitsgemäss antwortete ich auf Berndeutsch. «Bei Ihnen, Herr Professor.» Bis heute weiss ich nicht, warum sich daraufhin sein Gesicht verfinsterte und er sich wortlos entfernte. Hatte er etwas gegen berndeutsch sprechende Studentinnen, die im 4. Monat schwanger Examen ablegten? Bei der nachfolgenden Prüfung gab er mir eine Vier, obschon ich alle Fragen richtig beantwortet hatte.

Abenteuerfahrt in die Zukunft

Trotz meines vor dem Studium eingegangenen Versprechens heiratete ich nach dem 10. Semester, weil es meine damals zukünftige Schwiegermutter charmant verstanden hatte, meine Eltern umzustimmen. Mein Mann wurde als Israeli nach Studienende von der der Gewerkschaft unterstehenden Allgemeinen Krankenkasse in Israel aufgefordert, zurückzukehren und zunächst Kibbuzarzt zu werden. Danach würde man ihm und auch mir eine Facharztausbildung ermöglichen. So begaben wir uns mit unserer 1½ jährigen Tochter an einem kalten Februartag auf Seereise mit einem

aufgemöbelten, ehemals ausrangierten griechischen Dampfer. Unsere Luxuskabine hatte eine
Heizung, der Heizkörper versprühte allerdings
kaltes Wasser. Die stürmische Überfahrt dauerte
zehn anstatt vier Tage. Ich fühlte mich wie ein
Seeheld auf Abenteuerfahrt, je mehr das Schiff
schaukelte und die Wellen gegen die Planken
schlugen.

Ärztin im Kibbuz

In Israel kontrollierte damals die Gewerkschaft
ausser der Landwirtschaft auch einen grossen Teil
des Gesundheitswesens, und sie bestimmte den
Ort unseres zukünftigen Einsatzes und den
Wohnort, ein Kibbuz im Jordantal. Anstatt des
Häuschens, das uns als Ärzteehepaar in Aussicht
gestellt worden war, fanden wir zwei kleine Zimmer
in einer Blockhütte. Daran waren eine winzige
Küche und ein noch winzigere Dusche angehängt.
Die Toilette war allgemein und mindestens zwanzig
Meter von unserer «Villa» entfernt. In den beiden
Zimmern hatte je nur ein Bett Platz. Unsere Tochter
wurde wie alle anderen Kinder im Kinderhaus mit
Gleichaltrigen untergebracht. Mein Mann hatte vier
Kibbuzim zu betreuen. Ich selbst wurde später
aufgeboten, nachdem abgeklärt worden war, dass
ich keinen Militärdienst leisten musste. Als Argu-
mente galten, dass ich ein Kind hatte und unser
Kibbuz ein Grenzposten war. Als ich im April zum
ersten Mal durch das unbebaute Jordantal zum
Kibbuz fuhr, begeisterte mich die wunderschöne,
reiche Natur, und ich schrieb nach Hause: «Jetzt
weiss ich, wo der Garten Eden gelegen hat.» Zwei
Monate später legte sich meine Begeisterung. Die
Hitze hatte unbarmherzig eingesetzt. Jeden Tag

stieg das Thermometer auf bis zu 43 Grad im Zimmer, das Stethoskop kühlte ich in einer Schüssel mit kaltem Wasser ab. Als der heisse Wüstenwind die Temperatur auf 49 Grad im Schatten steigen liess, wurden die Kinder in Bassins gehalten. Es gab keinen Strom für die Ventilatoren, es kam kein Wasser aus der Röhre, die kleine Eisfabrik des Kibbuz war stillgelegt. Ich legte mich auf den Boden und wartete auf den Tod. Keiner starb, auch ich nicht. Die Welt wurde nicht um eine zukünftige Augenärztin ärmer. Mein Arbeitsbereich bestand aus zwei Lagern für Neueinwanderer und zwei Kibbuzim. Abgeholt und zurückgebracht wurde ich mit einem offenen Jeep, einem Traktor oder gelegentlich auf der Ladefläche eines Pferdefuhrwerks. Das scheuende Pferd warf mich einmal aus dem umkippenden Wagen in einen Wassertümpel. In den beiden Einwandererlagern stand mir zum Glück Naim, ein junger Mann als Helfer und vor allem Übersetzer vom Arabischen ins Englische, zur Seite. Der Untersuchungsraum befand sich in einer Blockhütte Als ich das erste Mal in eines der Lager zur Arbeit kam, erschrak ich – es warteten etwa 50 Leute vor der Blockhütte. Einer der ersten Patienten hielt den Zeigefinger an seine Schläfe und machte … brrrr …. ich deutete das als Tinnitus und einen Fall von Menière und begann einen genauen Status auf-zunehmen. Der Patient nach ihm hielt ebenfalls den Finger an die Schläfe und machte…brrrr. Beim dritten Patient mit demselben Symptom wurde ich stutzig. Da trat mein Helfer zu mir: «Verzeihen Sie», meinte er, «die Männer haben Kopfschmerzen und möchten gerne Tabletten.»

Prüfung und Rehabilitation

In den beiden Kibbuzim stammten die Mitglieder zu einem grossen Teil aus Deutschland und einige aus der Schweiz, und so gab es keine Verständigungsprobleme. Ich war jung, sah jung aus und machte keinen erfahrenen Eindruck. Man hatte keine grosse Achtung vor mir als Ärztin. Mit Recht! Ich hatte sehr fleissig auf mein Examen gelernt, selbst das Kleingedruckte gelesen, ein glänzendes Examen abgelegt, aber von praktischer Medizin kaum eine Ahnung. Ausser einigen Monaten als Volontärassistentin in der Inneren Medizin nach dem Examen bis zur Geburt meiner Tochter hatte ich keinerlei medizinische Erfahrung erworben. Doch bestand ich eine Prüfung, die alles veränderte. Eines Tages kam die Krankenschwester eines der beiden Kibbuzim und verlangte, dass ich einen alten Mann mit akutem Harnverhalt katheterisiere. Der Bezirksarzt sei nicht erreichbar. Natürlich hatte ich im Chirurgielehrbuch davon gelesen, mehr nicht. Nach einer weiteren Regel meines Vaters - Du sollst vor nichts Angst haben- musste ich es tun! Ich legte den Katheter an, und es gelang. Der erleichterte Patient bedankte sich überglücklich, und ich war rehabilitiert. Fortan begegnete man mir mit mehr Respekt, und die Krankenschwester empfing mich fortan jedes Mal mit einer Mahlzeit aus Sauerrahm und gutem Brot. In unserem Wohnkibbuz wurden die Kinder gut ernährt, das Essen der Erwachsenen aber war zumindest für mich dürftig, weil ungewohnt. Die unerträgliche Hitze und die mangelhafte Ernährung liessen mich bis zur Silhoutte abmagern.

Ausbildung zur Augenärztin

Nach etwa einem Jahr wurden wir ins Bezirksspital in Afula zur Spezialausbildung versetzt. Mein Mann sollte in der Gynäkologie, Chirurgie und im Röntgen arbeiten, ich sollte in der Ophthalmologie ausgebildet werden. Das Gremium hatte beschlossen, eine Augenabteilung zu öffnen. Fortan sollten wir im Bezirksspital in einem Zimmer mit einer geschlossenen Terrasse für unsere Tochter wohnen. Das Kind wurde im Hort für die Spitalangestellten betreut, der dem bekannten Kinderarzt Prof. Nassau unterstand. Mir fiel es nicht leicht, die wunderbaren Menschen im Kibbuz zu verlassen und mich von meinem Wunsch, Kinderärztin zu werden, zu verabschieden, doch ich war glücklich, vor allem wegen unserer kleinen Tochter, nach Afula mit dem verträglicheren Klima umzusiedeln. Die Augenabteilung unten im Städtchen Afula bestand aus einem einzigen Raum und zwei Ärzten, Dr. Sachs - mein Chef und Lehrer - und mir als auszubildender Augenärztin. Dr. Sachs kam aus Kairo und stammte aus einer Familie von Augenärzten. Er sprach fliessend hebräisch, arabisch, deutsch und französisch, er hatte in Paris studiert. Von ihm lernte ich die wichtigsten arabischen Ausdrücke für die Praxis. Der Raum unserer Augenabteilung war u.a. mit einer Haag-Streit- Spaltlampe und dem Zubehör für Brillenuntersuchung einigermassen gut eingerichtet. Was fehlte, ergänzte Dr. Sachs aus seiner eigenen Praxis. Der Raum diente für die ambulante Sprechstunde und einfache Operationen, inklusiv Schieloperationen. Intraokuläre Operationen wurden im Operationssaal der Chirurgie im Spital durchgeführt.

Die Kunst der Brillenbestimmung

Das Erste, das mir Dr. Sachs beibrachte, waren Spülung und Sondierung der Tränenwege, Skiaskopie und Brillenbestimmung. Den Umgang mit der Spaltlampe und die direkte Ophthalmoskopie musste ich mir selber beibringen. Anfangs nahm mich Dr. Sachs zweimal in der Woche in ein Lager mit, in dem Kinder mit Trachom in Quarantäne lebten. Wir entfernten die typischen Follikel aus der Bindehaut des Oberlids und touchierten sie mit dem silberhaltigen Argyrol. Ich lernte auch heute längst vergessene Behandlungsmethoden, wie intramuskuläre Eigenblutinjektion bei Uveitis und retrobulbäre Plazentaapplikation bei Makulaloch. Einmal kam die Frau des Bezirksarztes zur Brillenuntersuchung. Ich gab mir besonders viel Mühe. Sie hatte einen starken Astigmatismus und ich korrigierte eifrig alles aus und war stolz, dass ich den Visus auf 1,0 brachte. Unerfahren, wie ich war, verschrieb ich den vollen Zylinderwert in die Brille. Ob sie die Brille wohl getragen hat oder sich etwa selber die Schuld gegeben hat, dass sie sich nicht daran gewöhnen konnte? Ich hörte nichts mehr von ihr. Nach zwei Jahren durften wir von dem einen Zimmer in ein finnisches Blockhäuschen mit drei Zimmern, Küche und Bad ziehen. Es war eine glückliche Zeit. Unser älterer Sohn wurde geboren, meine Eltern kamen ins Land und beschlossen zu bleiben, meine Arbeit gefiel mir.

Ehrgeiz oder Pflichterfüllung

Dr. Sachs war ein ausgezeichneter Lehrer, er brachte mir ein solides Handwerk bei und liess mich bald in Notfällen selbständig eingreifen. Einmal wurde ein Notfall gemeldet, als ich mich krank fühlte und Fieber hatte. Meine Eltern beschworen mich, Dr. Sachs rufen zu lassen. Doch mein Ehrgeiz liess dies nicht zu. Schliesslich überzeugten meine Eltern die Begriffe Pflichterfüllung, Hilfeleistung an Kranke und Verletzte, sakrosankte Begriffe für Menschen ihrer Generation, und sie liessen mich gehen. Der Notfall, eine Hornhautperforation mit Irisprolaps, kam von einem abgelegenen Kibbuz im Norden. Schweren Herzens rief ich dann doch Dr. Sachs zur Hilfe. Am nächsten Tag hatte ich Symptome einer akuten Hepatitis und musste zur grossen Freude meiner Kinder Bettruhe einhalten. Nun hatten sie einmal ihre Mutter für sich und hopsten glücklich auf meinem Bett herum.

Weiterbildung in einem grossen Spital

Bei einem Histologiekurs sprach mich Dr. Schatkai an, früher selbst Augenarzt, jetzt der Direktor des damals grössten Spitals im Land: ob ich Lust hätte, an der dortigen neuen Augenabteilung zu arbeiten. Für meinen Mann würde man eine Stelle im Röntgen freimachen. Zwar tat es mir leid, Dr. Sachs zu verlassen, aber mich lockten die Aussicht auf ein noch kühleres Klima in Petach-Tiqua und die Arbeit in einem grossen Spital.
Die Augenabteilung bestand aus dem Chefarzt, einem Oberarzt, einer fortgeschrittenen Assistenz-ärztin, zwei auszubildenden Assistenzärztinnen, einer Oberschwester für die Bettenstation, einer Krankenschwester für die ambulante Abteilung und einer Operations-schwester. Prof. Kurz, der Chef-arzt, war vorher in der Schweiz tätig gewesen, der aus Irak stammende Oberarzt hatte in England studiert.

Umgang mit dem Personal

Ich fühlte mich vom ersten Tag zu Hause im Beilinson-Spital. Prof. Kurz schickte mich als Konsultantin in die Abteilungen des halben Spitals, die andere Hälfte besorgte der Oberarzt. So hatte ich gleich Kontakt mit den Ärzten von zwei Abteilungen der Inneren Medizin, der Neurologie, Pädiatrie, Dermatologie, therapeutischen Radiologie, Neurochirurgie. Mit den Ärzten, mit dem Pflegepersonal unserer eigenen und der andern Abteilungen und mit dem Spitalssekretariat hatte ich einen freundlichen Umgang. Prof Kurz tadelte mich, ich würde zu kollegial mit allen umgehen. Warum nicht, fragte ich. Sie begegnen mir mit demselben Respekt wie ich ihnen, und befolgen genau alle Anordnungen. Ihre Arbeit ist mindestens so wichtig wie meine als Augenärztin in Ausbildung.

Seltene Fälle

An jedem Wochenende fand ein Staff Meeting aller Abteilungen statt, um interessante Fälle vorzustellen. Ich erinnere mich an zwei Fälle, in welchen die Augenbefunde zur Diagnose geführt hatten. Im einen Fall handelte es sich um ein Groenblad-Strandberg-Syndrom mit den charakteristischen, gefässähnlichen, von der Papille ausgehenden Streifen, versursacht durch Risse in der Bruchschen Membran bei Schwäche des elastischen Bindegewebes. Der zweite Fall wurde von der Neurologie vorgestellt: Eine jüngere Frau mit Prosopagnosie als Folge eines temporalen Hirntumors mit einem grossen, rechtseitigen homonymen Gesichtsfelddefekt. Sie konnte keine Gesichter, nicht einmal ihre eigenes im Spiegel, erkennen. Diese Fälle forderten mich heraus, wissenschaftliche Texte nachzulesen und darüber nachzudenken. Zeit dafür fand ich in Nächten, in welchen ich nicht schlafen konnte, denn trotz der Hilfe meiner Eltern, fiel mir der Haushalt mit drei Kindern neben der Arbeit im Spital nicht leicht.

Eine nachhaltige Lehre

In regelmässigen Abständen veranstaltete die Augenabteilung Treffen für alle Augenärzte des Landes, um Kasuistiken zu diskutieren, meistens trug ich auch dazu bei; beispielsweise mit einem Fall
❖ von Skleritis durch Echinokokkeninfektion
❖ oder einer essentiellen Irisatrophie
(autoimmuner Prozess?), wobei die Patientin den Prügeln von ihrem Mann die Schuld an den Löchern in der Iris gab. Der begleitende Augenhochdruck konnte durch eine Filteroperation nach Preziosi behoben werden.
Eine dieser Veranstaltungen war ein Schlüssel-erlebnis für mich. Das Treffen war besonders erfolgreich gewesen, es wurden einzigartige Fälle vorgestellt, mein Referat fand Interesse, Prof. Kurz lobte mich vor dem ganzen Publikum für die richtige Diagnose bei diesem seltenen Krankheitsbild. Nach der Veranstaltung lief ich gutgelaunt und selbst-zufrieden in die Bettenstation zur Abendvisite. In einem der Krankenzimmer lagen drei Männer mit beidseits verbundenen Augen. Sie hatten mich nicht bemerkt, als ich das Zimmer betrat. Der Eine sagte gerade:» Wer weiss, ob ich jemals wieder richtig sehen werde, ob ich in meinem Beruf werde arbeiten können. Ich schlafe die Nächte lang nicht vor lauter Sorge!» Der Mann daneben antwortete:

«Dasselbe ist mit mir. Ich habe eine Frau und Kinder zu ernähren, die sind noch klein. Was wird aus ihnen, wenn ich nicht mehr arbeiten kann?» Da mischte sich der Dritte ein: «Was kümmert das die Ärzte, was mit uns geschieht. Sie kommen zur Visite und unterhalten sich. Ich bin ein interessanter Fall, an mir lernen sie. Aber was nachher mit mir sein wird, daran denken sie nicht einmal! Meine Krankheit interessiert sie, nicht ich!» Ich habe mich in meinem ganzen Leben selten so geschämt.

Streben nach Arztpersönlichkeit

Rückblickend glaube ich, dass diese Erfahrung meinen Werdegang als Augenärztin beendete und vielleicht die weitere Entwicklung einleitete. Ich war nun Augenärztin, womöglich nicht die schlechteste, aber keine Arztpersönlichkeit. Diese erwirbt man, wie ich heute weiss, nur durch berufliche und menschliche Erfahrungen. Man hat sie erreicht, wenn man als Arzt Kompetenz, menschliches Verständnis und auch eine gewisse Autorität ausstrahlt und vor allem dem Patienten das Gefühl von Verstandenwerden und Geborgenheit vermittelt.

Rückblickend hatte ich drei Lehrer: Dr. Sachs war ein ausgezeichneter Lehrer, der mir ein solides Rüstzeug für die ophthalmologische Praxis mitgegeben hat und mich lehrte, dass man auch mit einfacheren Mitteln eine gute Arbeit leisten kann. Der zweite Lehrer war Prof. Kurz, der mir den Zugang zur Wissenschaft öffnete. Der dritte Lehrer war ein Patient, der mich zur Besinnung auf Menschlichkeit brachte.

LEBEN IM JUNGEN ISRAEL

Das Traumschiff

An einem sehr kalten, trüben Tag Ende Februar machten wir uns auf nach Israel, mein Mann, unsere 1 1/2 jährige Tochter Tamar, die 8jährige Jeanette, Tochter einer Bekannten, die wir zu ihren Verwandten in Israel bringen sollten, und ich. Eine Menge Leute begleiteten uns auf dem Berner Bahnhof zum Zug nach Marseille, Freunde, Bekannte, auch Leute, die wir nicht kannten und viele mit einem Päckchen in der Hand – leider nicht für uns, sondern die wir für Verwandte in Israel mitnehmen sollten.

In Marseille bestiegen wir die Kedma, ein israelisches Schiff. Die Kedma war eines der beiden Schiffe, die Israel damals besass, das andere hiess Negba. Es seien neu aufgemöbelte, alte Dampfer, die Israel von den Griechen abgekauft hätten, munkelte man. Ein unglaubliches Gefühl: Ein jüdisches Schiff, ein jüdischer Kapitän, jüdische Matrosen, jüdische Stewards, koscheres Essen, man sprach Iwrith, das ich damals allerdings noch nicht verstand. Es war eine stürmische Überfahrt. Sie dauerte 10 Tage anstatt 4. Seekrank waren wir nur am Anfang. Je stürmischer das Meer, je heftiger die Wellen gegen die Planken schlugen, desto stärker wuchs in mir ein Hochgefühl des Glücks und der Freude, einem ungeheuren Abenteuer ent-gegenzufahren. Ich stand viel auf Deck, die kleine Tami auf dem Arm, oft ein junger Vater aus Marokko genau so begeistert neben mir, einen kleinen Buben auf dem Arm, einen andern an der Hand, der eine hiess Herzl zum Vornamen, der andere Weizmann.

Hätte er noch einen Sohn gehabt, wäre sein Vornamen wohl Ben Gurion gewesen.

Die meisten Passagiere waren wie wir jung und enthusiastisch und mit wenigen Ausnahmen, wie mein Mann, Neueinwanderer. Einige ältere Passagiere, meistens Frauen, kehrten von einer Europareise nach Israel zurück. Seltsamerweise redeten diese dauernd vom Essen, beklagten sich über die Lebensmittelknappheit in Israel und tauschten eigenartige Kochrezepte aus - wie man aus Backhefe Speisen zubereiten konnte, die wie gehackte Leber schmeckten, aus Zucchini Kompott kochen usw. Mir kam das seltsam vor, war doch das Essen auf dem Schiff direkt feudal. Es gab Leckerbissen auf dem Schiff, die ich vorher gar nicht kannte – Oliven, köstlicher, in Oel eingelegter Fisch, der hiess Lakerda. Im Speisesaal bedienten uns tadellos geschulte Kellner in Kellneruniform. Unser Kellner war besonders aufmerksam und charmant. Mein Mann verdächtigte ihn, dass er in mich verliebt sei. Ich fragte den Kellner, woher er stamme. "Aus Rumänien, aber ich bin kein Dieb". Ich wurde aufgeklärt: Den Juden aus Rumänien wurden lange Finger nachgesagt. Galizianer galten als Drehköpfe, Perser als geriebene Händler, Deutsche, die Jekkes, als übertrieben genau und ohne Humor. Sie verstünden die eigenen Witze nicht. Nur die russischen Juden galten als die eigentliche Elite im Land, die Veteranen, die Pioniere und Kulturträger.

Sind das alles Juden?

Wir landeten im Hafen von Haifa. Empfangen wurden wir mit der Hatiqua aus dem Lautsprecher. Eine Stimme hiess uns willkommen als Brüder und Schwestern. Ich war aufgewühlt, konnte die Tränen kaum zurückhalten. Zollbeamte kamen an Bord, einer davon war Schwiegerpapas Cousin Ludwig. Jüdische Zollbeamten! Was wir mitgebracht hätten? Wir erzählten ordnungsgemäss: einen Kühlschrank, Marke Frigidaire; einen Kochherd, Marke Jura, ein Nähmaschine, Marke Bernina. Ich glaube, die Fragen der wohl noch unerfahrenen Zollbeamten waren rein formell. Wir mussten nichts verzollen.

Im Hafen erwarteten uns die Schwiegereltern, mein Onkel Josef und seine Frau Wila, Schwiegervaters Kusine Rega und ihr Mann Salomon. Die waren schon in den 30er Jahren eingewandert. Jeanette wurde von Tanten abgeholt.

Salomon lud uns in sein Auto und brachte uns in die Wohnung der Schwiegereltern in der Herzlstrasse. Unterwegs fielen mir junge Burschen auf, die mit beschwörenden Handbewegungen das Auto aufzuhalten versuchten, Wollten sie uns vor einer Gefahr warnen? Lauerten bewaffnete Araber im Hinterhalt? Nein, nein, es seien Autostopper, die mitgenommen werden wollten. In einer Ecke stand ein Mann und schrie: „Idiooot, Idiooot!...Ein Verrückter? Oder einfach ein grober, unbeherrschter Mensch? Nein, nein…! Ein Zeitungsverkäufer, der seine Zeitung, die Jedioth chadaschot, die neuesten Nachrichten, ausrief.

Und sind das alles Juden? Blonde, hellhäutige, hoch gewachsene, nordische Typen, west – mitteleuropäisch Aussehende, eher kleine, schwarzhaarige, dunkelhäutige Orientale. Was war mit Hitlers Rassentheorie?

Einfaches Leben

Meine Schwiegereltern wohnten in zwei Zimmern mitten in der Stadt. Das war Luxus in jener Zeit. Viele Familien hatten nur ein Zimmer, reiche Leute hatten drei. Zahnärzte und Ärzte ordinierten in einem Zimmer, ein Zimmer war für die Kinder, ein drittes für die Eltern. Tagsüber wurde das Ehebett irgendwie zur Wand gehoben mit einer Decke abgedeckt und so das Zimmer zum Wohnzimmer umfunktioniert. Man kochte und backte auf einem Petrolkocher, ein grösserer stand auf dem Balkon und wurde zum Kochen der Wäsche verwendet. Darauf konnte man sogar in einem Blechtopf, genannt „Wundertopf", einen Kuchen backen. Trotz der Enge und den primitiven Verhältnissen schafften es die Leute, Neueinwanderer aus der Familie bei sich aufzunehmen, bis sie eine eigene Bleibe hatten. Mama Genia, meine Schwiegermutter, war ein Beispiel dafür. Sie konnte bis zu sechs Menschen aufnehmen und für jeden eine Schlafecke herrichten, für sich selbst richtete sie auf zwei Stühlen eine Art Bett in der Küche.
Am ersten oder zweiten Tag nach unserer Ankunft ging ich durch die Stadt Haifa auf der Suche nach der Post, um die vielen mitgegebenen Päckchen

aufzugeben, was sich als gar nicht so einfach herausstellte. Nach altem englischem oder vielleicht sogar noch türkischem Gesetz mussten die Päckchen versiegelt werden. Irgendwo trieben wir Siegellack auf. Wie bei einer heiligen Handlung standen wir um Papa Roman, meinen Schwiegervater, herum und beobachteten, wie er den roten Siegellackstift an einer Kerze erhitzte, auf die Päckchen tropfen liess und schliesslich ein Petschaft mit seinen Initialen, das er aus Deutschland mitgebracht hatte, darauf drückte.

Mir fiel auf, dass die meisten Geschäfte leer waren ausser denen, die ich als Antiquariate ansah. Davon gab es an jeder Ecke eines, mit schönen Porzellanservicen, allerlei Silberwaren, kostbaren Vasen und Nippsachen, alles Dinge, die Neueinwanderer mitgebracht hatten und zum Kauf anboten. Zu Mama Genia's Enttäuschung brachten die Verwandten und Bekannten, die die Schwiegertochter aus der Schweiz und das Enkelkind sehen wollten, als Geschenke recht unbrauchbare Touristenandenken mit, Briefbeschwerer, Aschenbecher, Federhalter, Kerzenständer – alles aus Bronze, rot und blau emailliert und mit Davidstern. Warum nicht lieber einen Topf, eine Pfanne, einen Besen oder sonst was Nützliches? fand Mama Genia, die sich über die recht geschmacklosen Dinge aufregte. Ein Geschenk gefiel mir wirklich: Eine runde, rote Blechschachtel mit rosa und gelben Bonbons. Aus den Bonbons machte ich mir nichts. Aber rund um die Schachtel war ein bunter Reigen aufgemalt, da tanzten ein Kibbuznik in kurzen Hosen, ein Jemenite in bunter Kleidung, eine Bäuerin mit

Kopftuch, ein chassidischer Jude mit Schläfen-
locken und Pelzhut, eine Jeminitin in langen Hosen
und bunten Kleidern. Sie hielten sich an der Hand
und tanzten fröhlich und in Eintracht zusammen.

Pessach mit Eipulver

Es fehlte wirklich an allem damals, vor allem an
Nahrungsmitteln. Den Grund erfuhr ich später: die
Landwirtschaft produzierte noch zu wenig und der
junge Staat wurde dem raschen Bevölkerungs-
zuwachs durch die vielen Neueinwanderer nicht
gerecht. Tante Wila brachte für die kleine Tami ein
paar Kartoffeln und Tomaten aus ihrem Garten.
Es war kurz vor Pessach, dem Osterfest, zum
Gedenken an den Auszug von Ägypten. Dabei darf
nichts Gesäuertes gegessen werden, also z.B. Brot
und alles, aus welchem Brot hergestellt werden
kann. Ein wichtiger Teil der Nahrungsmittel sind
dann Eier, einerseits als Nahrungsmittel, andererseits auch als Symbol. Das Ei ist rund, es hat keinen
Anfang und kein Ende wie die Ewigkeit, wie Gott der
Ewige, der das jüdische Volk aus der Knechtschaft
in Ägypten geführt hat. Aber es gab kein Ei, alle
Nahrungsmittelvorräte, es waren nicht viele
gewesen, hatten die Eltern für unsern Empfang
gesammelt und sie waren aufgebraucht. Es gab
kein einziges Ei zu kaufen, und wie soll man Gott
mit Eipulver preisen? Man musste halt, Gott hat es
sicher verziehen.

Vor Gericht

Kurz nach unserer Ankunft wurde mein Mann zur Arbeit einberufen. Er erhielt einen offenen Jeep und hatte 4 Kibbuzim im Jordantal als Arzt zu betreuen. Ich erhielt noch keinen Aufruf, den Grund dafür erfuhr ich zwei Wochen später. Da wurde ich vor ein Amt gerufen, mein Schwiegervater begleitete mich. Wie alle Regierungsämter damals war es neu geschaffen, besetzt mit Leuten noch ohne Erfahrung und spezieller Schulung. Das Amt befand sich auf einer Etage eines Wohnhauses mitten in der Stadt. Wir betraten einen kahlen Raum, als Schmuck hing an der Wand ein Bild von Herzl und eines von Weizmann, der damals der erste Staatspräsident von Israel war. An einem langen Tisch mit abgewetztem Kunststoffbelag sassen sechs Männer, oben und unten je einer und auf der einen Seite vier. Ihnen gegenüber auf der andern Seite sassen wir, mein Schwiegervater und ich auf alten, schwarzen Eisenstühlen.

Ich wusste nicht, worum es ging. Ich verstand kein Wort. Bis auf einen machten die Männer strenge Mienen. Plötzlich kam mir der Gedanke, ich sei vor Gericht geladen. Wofür war ich angeklagt? Verdächtigte man mich gar, ich sei eine Spionin? Die Männer redeten lebhaft und sahen mich streng an. Nur einer, am oberen Tischende, blickte freundlich zu mir und widersprach offensichtlich den Anschuldigungen. Das muss mein Verteidiger sein, dachte ich. Warum aber sass mein Schwiegervater so schweigend und mit gesenktem Kopf da und sagte nichts zu meiner Verteidigung? Verdächtigte auch er mich? Nach etwa einer Stunde – oder war es weniger, mich dünkte es unendlich lang - war der Spuk zu Ende. Mein Verteidiger sah mich strahlend an und drückte mir herzlich die Hand. Auch die andern Männer sahen jetzt freundlich aus und riefen mir „Masaltow", „Viel Glück" zu. Auf dem Heimweg erklärte mir Papa Roman, mein Schwiegervater, um was es sich gehandelt hatte. Da ich Neueinwanderin war, wurde die Frage erörtert, ob ich Militärdienst zu leisten hatte. Fünf der Männer des Gremiums waren strikt der Meinung gewesen, ich müsste gleich als Soldatin meine Pflicht als Israelische Bürgerin tun. „Aber sie hat doch ein kleines Kind", hatte mein Verteidiger als Gegenargument angeführt." Und dann als Hauptargument:" Als Ärztin im Jordantal wird sie ja bereits an der Grenze stehen!"

Der Staat Israel war damals noch keine 4 Jahre alt und hatte noch keine eigene definitive Gesetzgebung. Für Vieles galten die alten britischen, z.T. sogar türkischen Gesetze. Aber spezifische, für den Staat Israel ausgerichtete Gesetze, z.B. Wehrpflicht der Frauen, waren noch nicht richtig konstituiert. Vielleicht war ich gerade eines der ersten Objekte, an welchem man sich für ein solches Gesetz orientierte.

Kibbuzleben

Nachdem meine Wehrpflichtigkeit als Neueinwanderin abgeklärt worden war, wurde ich ebenfalls als Kibbuzärztin aufgeboten. Ich fuhr mit dem Bus nach Maos Chaim, einem Kibbuz unterhalb Beth Schaan, wo wir wohnen und von dort aus benachbarte Siedlungen ärztlich betreuen sollten. Die Fahrt durch das fast noch unbebaute Jordantal in seiner Frühlingspracht, vorbei an Karpfenteichen der Kibbuzim, an welchen exotische, bunte Wasservögel hausten, war einfach zauberhaft. Ich schrieb nach Hause in Bern:" Jetzt weiss ich, wo der Garten Eden lag!" Das Arzthaus, in welchem im Brief der Gewerkschaft, die uns als Ärzte angeheuert hatte, die Rede gewesen war, erwies sich als zwei kleine Zimmer einer Holzbaracke neben zwei andern in welchen Kibbuznikim wohnten, einer angehängten, winzigen Küche und einer ebenso winzigen Duschkabine, die ein wenig ausserhalb lag. Die Dusche hatte die unangenehme Eigenschaft, den Wasserstrahl plötzlich zu unterbrechen, gerade nachdem man sich eingeseift hatte. Ebenso plötzlich kam der Wasserstrahl wieder, nachdem man sich resigniert wieder angezogen hatte. Nackt konnte man die Duschkabine wegen ihrer Entfernung von unserer kleinen Villa ja nicht verlassen.

Die Verpflegung im Kibbuz war besser als in der Stadt, besonders den Kindern fehlte es an nichts. Aber für eine junge Frau aus Bern war die Nahrung ungewohnt und auch die abgeschlagenen Blech-teller und der Kolboinik, eine Art Abfallkübel mitten auf dem Tisch. Es gab Gurken, Tomaten, Zwiebeln am Morgen, Gurken, Tomaten, Zwiebeln am Abend mit Brot, das innen teigig war. Kalman, der Bäcker, ein ehemals wohlhabender Kaufmann aus Deutschland, war ein sehr sympathischer Mann, und man verzieh ihm seine nicht ganz perfekte Backkunst. Zum Mittag gab es Teigwaren und gekochtes Gemüse, sehr oft Kürbis, zum Dessert ein süsses, rotes Gelee, das ich nur am Anfang essbar fand. Kein Wunder, dass die Kilos von mir nur so abfielen, und Salomon, ein Cousin von Papa Roman, mir den Übernamen Brettchen verpasste. Tami unsere Tochter, wohnte mit Gleichaltrigen im Kinderhaus. Sie war dauernd krank und sah erbärmlich aus, „wie ein Kind aus dem Konzentrationslager", stellte eine nicht sehr sensible Frau fest. Nachts ging ich mehrere Male ins Kinderhaus, um nach dem Kind zu sehen. Das war nicht ungefährlich. Eindringlinge aus Ägypten und Jordanien, so genannte Fedayin, Vorläufer der späteren PLO, stahlen die aufgehängte Wäsche und schossen herum. Einem Kibbuznik im benachbarten Kibbuz Kfar Ruppin wurde der Unterkiefer weggeschossen.

Meine erste Begegnung mit einem Araber fand statt, als ich das erste Mal den Speisesaal des Kibbuz betrat. Da sass ein jüngerer, in seiner arabischen Kleidung mit der Kefijeh, dem rotweiss gewürfeltem Kopftuch und schwarzer Stirnrolle recht romantisch aussehender Mann am Tisch. „Das ist unsere Hausspion", wurde er mir vorgestellt. Hausspion??? Nun ja, seine Brüder stehlen die Kühe und er verrät, wo sie sind. So verdient er sich sein Essen und ein wenig Geld.

Mir gefiel das Leben im Kibbuz, die soziale Gleichheit, dieselben Rechte und Pflichten für jeden. Das war schon seit der Kindheit mein Traum gewesen. Ich fand ganz wunderbare Menschen dort, echte Idealisten, die die Härte des damaligen Kibbuzlebens, die schwerste Arbeit in einem Klima, wo die Hitze mit 43 Grad im Zimmer an normalen Sommertagen geradezu infernalisch war, den Kampf mit Malaria und andern tropischen Krankheiten auf sich genommen hatten. Wovon ich am meisten beeindruckt war: sie hatten fast ganz auf ein Privatleben verzichtet, dies gaben sie fast bis aufs intimste Detail der Gemeinschaft preis.

Die Kinder wurden abends aus dem Kinderhaus geholt und verbrachten ein paar Stunden mit den Eltern und Geschwistern. Nachdem sie von ihren Eltern ins Kinderhaus zurückgebracht und schlafen gelegt worden waren, versammelten sich alle Kibbuzmitglieder , die Chawerim, im Speisesaal, die Frauen meistens mit einem Strickzeug bewaffnet, und besprachen die anfallenden Probleme. Ich durfte dabei sein und staunte. Da wurden Fragen gestellt, ob das Budget des Kibbuz, einer Frau, die nicht schwanger werden konnte, den Besuch bei einem Spezialisten erlaubte. Oder, ob das kleine Mädchen, das von seiner Grossmutter ein Goldkettchen erhalten hatte, dieses tragen durfte, wo doch die andern Kinder keines hatten, oder ob eine Chawera, die ein Kibbuzmitglied aus Ungarn als Frau mitgebracht hatte, ausnahmsweise einen Lippenstift und ihre eigenen eleganten Kleider tragen durfte – das waren ihre Bedingungen gewesen, um im Kibbuz zu leben . Oder ob ein anderes Kibbuzmitglied ein Auto. das er von Verwandten im Ausland geschenkt bekommen hatte, behalten dürfe. Ja, wenn er es bei Bedarf dem Kibbuz zur Verfügung stelle.

Der Kibbuz Maos Chaim bestand 15 Jahre, als wir dort waren. Bis dahin war noch keine einzige Hochzeit gefeiert worden. Hatte ein Paar beschlossen zusammenzubleiben, erhielt es ein gemeinsames Zimmer und war froh, wenn es den kleinen Raum nicht mit einem ledigen Mitbewohner teilen musste. Von Zeit zu Zeit wurden vier Männer und vier Frauen, die nicht unbedingt zusammen gehörten, mit 4 Eheringen zum Rabbiner in Beth Schaan geschickt, der die Eheschliessung formell vollzog. Es kam nicht selten vor, dass sich die richtige Braut gerade im Gebärsaal befand. Zu unserer Zeit wurde die erste richtige Hochzeit gefeiert und zwar zwischen zwei jungen Neueinwanderern aus Rumänien, die darauf bestanden hatten. Sie wurden nach alter Tradition unter einem Baldachin im Freien getraut, der Bräutigam zerstampfte nach altem Brauch ein Glas. Es gab ein gutes Essen mit Fisch, Kuchen und Früchten, übrigens die besten Trauben, die ich je gegessen habe. Zu meinem Erstaunen sangen die Chawerim, absolut antireligiöse Sozialisten, fromme Lieder aus Gebeten wie. "Taher libeinu, l'owdecha beemeth", d.h. Läutere unsere Herzen um Dir in Wahrheit zu dienen.

Da wurde mir zum ersten Mal klar, dass Religion und Tradition zwei verschiedene Dinge sind.

Russland bricht Beziehungen ab

Eines Tages kam Uri Brenner, der Sohn des berühmten Schriftstellers Chaim Brenner, völlig verstört zu uns ins Zimmer. „Die Russen haben die Beziehungen zu uns abgebrochen", erzählte er atemlos. Zur selben Zeit wurden damals in Russland eine Anzahl jüdischer Ärzte zum Tode verurteilt. Sie sollen Stalin vergiftet haben, der tatsächlich kurz darauf starb. Für die Kibbuznikim war dies ein schwerer Schlag, ja sogar ein Schock. Russland, die Mutter des Kommunismus, die Mutter ihres Ideals hatte sie verraten.

Warum die Sowjetunion die Beziehungen abbrach? Es mögen zwei Gründe gewesen sein.

1. Wurde Israel kein sozialistischer Vasallenstaat der Sowietunion, wie sie es sich erhofft hatte, nachdem sie von den Ersten in der Uno war, die der Gründung von Israel zugestimmt hatte.

2. Sie konnte sich Ägypten zuwenden, damals unter Nasser als Ministerpräsident, und sie half ihm eine Streitmacht gegen Israel aufzubauen. Im 6 -Tage-Krieg nahm Israel russische Offiziere gefangen, die mit Ägypten gekämpft hatten.

Die offizielle Begründung für den Beziehungsabbruch war: Zionistische Umtriebe. Möglicherweise war dies mit ein Grund, dass sich der Kibbuz später in die weniger linksgerichtete Partei Achdut awoda und die mehr linke Partei Haschomer hazair spaltete. Erstere blieb am Platz im Kibbuz Maos Chaim.

Einmal kam Mosche Dajan zu Besuch in den Kibbuz. Seine Kinder befanden sich hier. Er hatte gerade die Militärakademie in England absolviert. Meine Iwrithkenntnisse waren noch sehr mangelhaft, ich verstand kein Wort von dem, was er erzählte. Zudem hatte ich gerade einen furchtbar schmerzenden Zahn. Lange assoziierte ich darum Dajan mit Zahnschmerzen. Später, als er Landwirtschaftsminister wurde - die länglichen, fleischigen Tomaten wurden nach ihm benannt- und sich die Ernährungslage gebessert hatte, wurde er mir sympathisch. Es gab nun sogar Kartoffeln, und wenn ich mich recht erinnere, ass ich damals den ersten Apfel, den mir ein Patient aus dem Kibbuz Gewa mitgebracht hatte. Ob Dajan allein für die bessere Ernährungslage verantwortlich war, weiss ich allerdings nicht genau. Dajan stammte aus Nahalal, einem Moschaw, einer Landwirtschaftssiedlung mehrerer einzelner Landwirte, die die landwirtschaftlichen Maschinen und Geräte gemeinsam benützten.. Ich kannte seine Familie als Patienten.

Maabara

Mein Arbeitsbereich bestand aus zwei Kibbuzim und zwei Maabaroth. Letztere waren Übergangslager für Neueinwanderer. Sie wohnten in Blechhütten, die im Sommer unerträglich heiss waren, im Winter nass und sumpfig vom eindringenden Regen. Meinen ersten Arbeitstag begann ich in einer Maabara, die hiess Parwana. Dort waren vor allem Einwanderer aus Marokko untergebracht. Ein Jeep brachte mich dorthin. Das Behandlungszimmer befand sich in einer Baracke. Davor standen eine Menge Leute, vielleicht 50 oder mehr.

„Worauf warten diese Menschen", fragte ich Naim, den Sanitäter, ein kleiner, dunkelhäutiger, u.a. auch englisch sprechender junger Mann aus Irak, der mir als Assistent und Übersetzer zur Seite stand. „Auf dich natürlich", war seine lapidare Antwort. Mir wurde bange.

Der erste Patient hielt seinen Finger an die Schläfe und machte Brrrrr....

Hatte der Mann Geräusche im Kopf.? Tinnitus? War das evt. ein Fall von Menière ?

Ich machte mich daran, einen ausführlichen neurologischen Status aufzustellen. Doch Naim wurde unruhig. Ich sollte unbedingt den nächsten Patienten ansehen.

Der hielt den Finger an seine Schläfe und machte Brrrr...

Noch ein Fall von Menière? Nun, die Medizin kennt das Phänomen der Duplizität der Fälle. Das heisst eine seltene Krankheit tritt zufällig doppelt auf. Als der dritte Patient seine Symptome wieder mit Brrr.. vorstellte, mischte sich Naim ein. „Excuse me", sagte er höflich, „These men have headaches, They just want some tablets against it."

Da waren noch andere Krankheitsbilder, von denen in meinen Lehrbüchern nichts geschrieben war und bei deren Diagnose Naim behilflich war. Da klagte z.B. ein Mann über Leibschmerzen, nachdem er "Ben Gurion- Reis" gegessen habe. Es handle sich, erklärte mir Naim, um Teigwaren in Form von Reiskörnern. Die Leibschmerzen dieses Patienten waren psychosomatisch, die Aversion gegen diese Teigwaren eigentlich gegen die Israelische Regierung unter Ben Gurion gerichtet aus

Enttäuschung über das elende Leben in der Maabara. Es war ein elendes Leben, obschon sich die Regierung alle Mühe gab, irgendwie allem gerecht zu werden

Kinderhandel?

In der andern Maabara, Maabara Ein Hanaziw, befanden sich Neueinwanderer aus Jemen. Die Familien waren kinderreich und stark unterernährt. Eine von der Regierung neu geschaffene Einrichtung waren grün gekleidete Sozialarbeiterinnen, man nannte sie die „grünen Schwestern" Diese kümmerten sich hier um die Neueinwanderer. Eine kam verzweifelt zu mir gelaufen:
" Doktor, tun Sie etwas, die Babys sterben wie die Fliegen!" Ja, was sollte ich tun?!. Ich schickte die ausgetrockneten Babys ins Bezirksspital nach Afula,, wo sie mit Infusionen meistens gerettet werden konnten. Es stellte sich heraus, dass die Kinder, deren Mütter sie nicht mehr säugen konnten, weil sie keine Milch mehr hatten, mit der Nestlé Säuglingsmilch Eledon ernährt worden waren, aber nicht als Milch verdünnt, sondern als Brei zubereitet, was unverträglich für die Säuglinge war .
Die jeminitischen Juden hatten damals keine Familiennamen, so wusste man im Spital oft nicht, zu wem die Kinder gehörten. Zudem wurden manche Kinder, nachdem sie sozusagen gerettet worden waren, nicht abgeholt, vielleicht hatten die Eltern kein Geld für den Autobus oder wussten

nicht, wann und wie man ins .Spital nach Afula fährt. Vor einiger Zeit meldete sich eine Amerikanerin, deren Erzählung einen Skandal auslöste. Sie sei als Säugling adoptiert worden und sie behauptete, dass sie ihren jemenitischen Eltern aus dem Spital als tot gemeldet worden war, um sie einem kinderlosen Ehepaar zur Adoption zu übergeben. Wenn ich zurückblicke, kann das durchaus der Fall gewesen sein, aber wohl nicht aus böser Absicht, sondern wegen der Situation damals, der Unordnung durch die fehlenden Namen der Säuglinge, die z. T. verwechselt z.T. nicht abgeholt wurden.

Mit heutigen Bedingungen verglichen war das Leben in diesen Übergangslagern fast unerträglich. Und doch muss man rückblickend die Anstrengungen der damaligen jungen und unerfahrenen Regierung anerkennen, die Neueinwanderer, die in Scharen kamen, aufzunehmen, ihnen vorläufige Überlebensbedingungen, Unterkunft, Nahrung, ärztliche Betreuung zu schaffen,

Ultralinks – Orthodox

Die beiden Kibbuzim, die ich zu betreuen hatte, waren *Schluchoth und Reschafim. Schluchoth* war fromm, *Reschafim* ultra links. Doch bestand gute Nachbarschaft zwischen den beiden Kibbuzim, sie benützten die landwirtschaftlichen Maschinen gemeinsam und halfen sich aus, wenn Not am Mann war, z.B. auch beim Transport ihrer Ärztin in Notfällen. Nicht immer stand ein Jeep zur

Verfügung, da wurde ich auf der Plattform eines Traktors oder auf der Ladefläche eines Pferdewagens transportiert. Einmal warf das Pferd den Wagen um und mich in den Schlamm einer Wasserleitung, die neu errichtet wurde. Von oben bis unten mit Schlamm bedeckt musste ich mich zunächst säubern, bevor ich meine Arbeit antrat.

Im Kibbuz hielt man am Anfang nicht viel von meiner ärztlichen Kompetenz. Kein Wunder! Ich war jung, sah jung aus und hatte zwar ein glänzendes Staatsexamen hinter mir, aber tatsächlich sehr wenig praktische Erfahrung. Heute noch frage ich mich, woher ich den Mut und die Keckheit hernahm, dort als Ärztin zu praktizieren. Irgendwie gewann ich dann doch das Vertrauen der Kibbuznikim, und es entwickelte sich sogar ein freundschaftliches Verhältnis. Beide Seiten bedauerten es dann, als ich nach einem Jahr nach Afula zur Ausbildung als Augenärztin versetzt wurde.

Eine Portion Eiskaffee.

Am Anfang war ich begeistert gewesen vom einfachen, ja harten Kibbuzleben, vor allem wegen der wunderbaren Menschen dort. Doch nach einigen Monaten wurde aus meiner Begeisterung Verzweiflung. Die Hitze war unerträglich. An gewöhnlichen Tagen zeigte das Thermometer im Zimmer 43 Grad, in der Nacht sank die Temperatur nur auf 34 Grad. Mein Schwiegervater, der einmal zu Besuch kam, sass mir im Speisesaal gegenüber und begann plötzlich zu lachen. „Ja", erklärte er. „ich frage mich, ob du je deine Suppe fertig essen wirst. Mit jedem Löffel, den du isst, fallen neue Schweisstropfen von deiner Stirne in die Suppe."

Einmal war Chamsin, der heisse Südwind, vergleichbar mit dem Föhn hier, und die Temperatur stieg auf 49 Grad. Gleichzeitig gab es kein Wasser und keinen Strom, unser elektrischer Kühlschrank – übrigens der einzige im Kibbuz – funktionierte nicht, die kleine Eisfabrik im Kibbuz war stillgelegt, die Ventilatoren arbeiteten nicht. Ich legte mich im Zimmer auf den Boden und wartete auf den Tod. Ich starb nicht und niemand im Kibbuz. Die Kinder hatte man zur Kühlung in die kleinen Bassins, die dafür im Schatten angelegt waren gebracht, eine Erfindung von Prof. Nassau, der Kinderarzt des Jordantals.

Es wurde mir klar, das hier war keine zionistische Versammlung mit enthusiastischen Reden, Gesang und Horatanzen, sondern eine ganz unromantische harte Wirklichkeit. Ich war häufig krank, u.a. Scharlach, Tropenkrankheiten und Lungenentzündung, aber das Schlimmste war, dass unsere 2-jährige Tochter dauernd krank war und zum Erbarmen schlecht aussah.

Einmal in der Woche waren alle Kibbuzärzte des Emek Hajarden, des Jordantals, zum Meeting im Bezirksspital Afula eingeladen. Für mich war das der Höhepunkt der Woche. Es gab eine Mahlzeit und es war kühler als im Kibbuz „Fast europäisches Klima!", schwärmte ich

Eines Tages sass ich ganz deprimiert an der Busstation in Afula und wartete auf den Bus nach Maos Chaim. Da trat einer der beiden Taxifahrer zu mir und fragte, warum ich so traurig sei. Ich schüttete ihm mein Herz aus. Da lud er mich in ein Cafè nebenan zu einem Eiskaffee ein. Ich habe ein meinem Leben nie etwas Scheusslicheres genossen als diesen Eiskaffee. Es waren pure Eisstücke mit einem bitteren, bräunlichen Pulver und Zucker bestreut. Aber diesen Mann, der mich so wunderbar tröstete und mir Mut zusprach, den habe ich nie vergessen. Er sagte: "Es ist schwer hier, richtig. Alle müssen wir hier durch. Du bist jung und stark. Du hilfst dieses Land aufbauen. Es ist dein Land, niemand kann dich von hier verjagen." Viele Jahre später traf ich den Mann wieder – auf der Hochzeit eines Kollegen, Prof. Saubermann, dessen Onkel er war. Seinen Namen Saubermann hatte er in Sakkai geändert.

Der Sinaikrieg

Nach einem Jahr Kibbuz wurden wir nach Afula zur Spezialausbildung versetzt, mein Mann als Röntgenologe, ich als Augenärztin. Mein Chef war Dr.Sachs, aus Kairo. Er war nicht nur ein ausgezeichneter Augenarzt, sondern sprach auch mehrere Sprachen perfekt, darunter auch arabisch. Von ihm lernte ich ein paar Worte, um mich mit arabischen Patienten zu verständigen. Schufi el fok, schufi el tächt - schaue nach oben, schaue nach unten... talate marat fl jom katra,, dreimal täglich Tropfen … mäschläsem amalia .. Operation nicht nötig... achsan ktir... es geht viel besser...Eines der ersten Dinge, die ich bei Dr. Sachs lernte, war die

Behandlung von Trachom, die so genannte Ägyptische Augenkrankheit, die wenn sie nicht behandelt wird zu Blindheit führen kann. Zweimal wöchentlich fuhren wir zu einem Lager, wo wir Kinder von Neueinwanderern mit Trachom, die unter Quarantäne gehalten wurden behandelten.

Ein grosser Teil der Patienten waren Araber. Sie kamen aus Nazareth und den umliegenden Dörfern in Galilaea. Nicht ein einziger zeigte sich feindlich. Im Gegenteil! Sie waren alle sozial viel besser gestellt im Staat Israel und dafür dankbar. Ein Mann erzählte mir stolz, er sei nun Vorstand der Autobusstation in Nazareth geworden. Ein anderer, er sprach ein wenig französisch, er sei nun „ècrivain", er meinte Beamter, in der Stadtverwaltung von Nazareth geworden.

Ein anderer, namens Muchammed, dem ich wegen seiner Augenkrankheit ein beschränktes Arbeitsunfähigkeitszeugnis ausgestellt hatte, schickte mir regelmässig Süssigkeiten und beharrte darauf, sich mit mir fotografieren zu lassen, während er mir die Hand reicht. Frauen schenkten mir selbstgeflochtene Körbe, ein junger Mann brachte mir eine Taube aus seinem Schlag. Er war einer der vielen Nachtblinden seines Dorfes, Taibe, von seinem Vater aber wegen der Schande aus dem Haus verjagt.

Wir wohnten im Spital in einem Zimmer mit geschlossener Terrasse, auf welcher unsere Tami schlief. Nach einem Jahr durften wir in ein finnisches Blockhäuschen umziehen. Man stelle sich unser Glück vor: Drei Zimmer, eine eigene Küche, ein eigenes Badezimmer und Toilette. Die alten Eisenbetten mit der durchhängenden Matratze – man kam unten an, wenn man darauf lag, störte uns nicht weiter. Das Häuschen lag am Rand des Spitalareals etwa 10 m vom Zaun entfernt, der es gegen ein Feld abgrenzte. Dort lagerten Beduinen mit ihren Zelten und Schafen. Das romantische Bild erinnerte mich immer an den Choral von Bach mit den weidenden Schafen.

Auch die Ernährungslage hatte sich bedeutend verbessert, meine Eltern kamen ins Land, unser zweites Kind, Sohn Gabriel, wurde geboren und ich war richtig glücklich. Doch dann brach der Sinaikrieg aus.

Es ging vor allem um den Suezkanal. Dieser verbindet das Mittelmeer mit dem Roten Meer und dieses führt weiter in den Indischen Ozean, wodurch eine Handelsstrasse in den Fernen Osten auf dem Seeweg besteht. Der Suezkanal war von den Franzosen erbaut und bis dahin von den Briten kontrolliert gewesen. Nachdem aber Ägypten 1956 die britischen Überwacher des Kanals verjagt hatte, um selber die Kontrolle zu übernehmen und den Kanal zu verstaatlichen, beschlossen Grossbritannien und Frankreich zusammen mit Israel einen Krieg gegen Ägypten zu führen. Israel hatte die dauernden Terroranschläge und bewaffneten Überfälle von Ägypten aus und dazu die Absperrung des Suezkanals satt. Zudem rüstete Ägypten unter Nasser mit Hilfe des Ostblocks, welches ihm Waffen lieferte, eine Armee zur Eroberung von Israel auf. Der Krieg endete mit der Zurückeroberung des Suezkanals, der Eroberung des Sinais und des Gazatreifens durch Israel. Aber auf Geheiss der Amerikaner unter Eisenhower und der UNO musste alles eroberte Gebiet zurückgegeben werden. Der Suezkanal blieb bei Ägypten, Ägypten hatte somit gesiegt.

General Abraham Joffe, der Bruder von Uri Joffe, den wir aus dem Kibbuz Maos Chaim kannten, befehligte das Militär. Mein Mann diente als Stabsarzt. Wie glücklich war ich, als er unversehrt zurückkam.

Der Sozialstaat, die Gewerkschaft

Das junge Israel war ein Sozialstaat par Excellence. Das Gesundheitswesen, grosse Teile der Wirtschaft, der Ernährungssektor, das Bauwesen, der Autobusverkehr unterstanden der Gewerkschaft. Auch wir waren von der Gewerkschaft durch sogenannte Schlichim, wörtlich übersetzt Gesandte, in der Schweiz angeworben worden.

Das war ein Ehepaar gewesen, die Frau Schwester des Schriftstellers Leon Feuchtwanger. Sie hatten meinen Mann überredet, sofort nach Abschluss der Studien nach Israel zurückzukehren und ich mit ihm, um als Kibbuzärzte zu arbeiten. Dies sei unsere Pflicht Eine Spezialausbildung würden wir später in Israel erhalten. Nicht umsonst wurde das Gewerkschaftsgebäude in Tel Aviv „Kreml" genannt. Man wurde nicht mit Herr oder Frau angesprochen, sondern mit Chawer und Chawera, übersetzt etwa mit Freund und Freundin, oder Genosse und Genossin. Damit kam ich nicht gut zurecht und regte mich auf, wenn mich jemand unhöflich oder sogar frech behandelte und mich dabei noch mit Chawera anredete. „ Ich bin nicht deine Chawera, deine Freundin", sagte ich einmal wütend einem frechen Burschen. Darauf er: „ Dann nenne ich dich „ Doda" , Tante. Akademiker galten nicht viel, es gab genug davon. Ein damals aktueller Witz: Jemand geht an einer Baustelle vorüber. Er ruft auf deutsch: „Guten Morgen, Herr Doktor!". Darauf drehen sich alle Bauarbeiter um und grüssen zurück. Geachtet war, wer eine produktive Arbeit tat, ein Handwerk ausübte, in der Landwirtschaft arbeitete. Ärzte, Professoren, Juristen aus Deutschland lernten daher ein Handwerk, wurden Metallarbeiter, Elektriker, Schreiner. Ein Freund meiner Schwiegereltern aus Berlin, der Jurist Dr.Lefaivre wurde Schreiner, ich besitze noch jetzt ein wunderschönes Buffet aus seiner Hand.

Der junge Staat brauchte viel Geld, für die Verteidigung, für den Aufbau einer Wirtschaft, Einrichtung der Alters – und Invalidenversicherung, für die Einordnung der Neueinwanderer und nicht zuletzt, um das Ideal einer sozialen Gerechtigkeit zu realisieren. Sehr viele Menschen profitierten davon, nicht zuletzt aus der arabischen Bevölkerung. Ich denke dabei an eigene Patienten, die in den Genuss einer ärztlichen Versorgung wie alle andern Bürger gelangten, an Invaliden – und Altersrenten. Obwohl das eigentlich selbstverständlich war, zeigten sie sich gerade aus diesen Kreisen dankbar, dankbar auch darüber, dass sie gleich behandelt wurden, kein Unterschied zwischen Juden und Arabern gemacht wurde. Sie dankten mir mit Geschenken, geflochtenen Körben, Zuckerbäckereien, einer brachte mir jedes Mal eine Taube mit, ein alter Mann eine von den zwei Gänsen, die er aufgezogen hatte.

Nicht für alle war das System ein Segen. Schlecht weg kamen dabei Einwanderer mit ein wenig Vermögen, die sich davon eine Existenz zu schaffen versuchten. Ein damals aktueller Witz in Israel: Wie kommt man zu einem kleinen Vermögen: Man kommt mit einem grossen Vermögen ins Land. Eröffnete jemand ein Geschäft, wurde er mit unverhältnismässig hohen Steuern belastet. War einer gezwungen, das Geschäft aufzugeben, musste er seinen Angestellten grosse Entschädigungssummen bezahlen, so dass ihm nichts mehr als Schulden blieb. Einen Angestellten entlassen, war kaum möglich. Ein Bekannter, der von Marokko eingewandert war, baute sich ein Mehrfamilienhaus auf, wobei er eigenhändig mithalf. Ein paar Jahre konnte er ganz ordentlich von den Mieten leben. Dann aber kam es zur Geldentwertung, die Mietzinse durften aber nicht erhöht werden. Hatte er z.B. 15 Schekel pro 3-Zimmer –Wohnung Miete erhalten, blieb es bei den 15 Schekel, auch wenn diese inzwischen vielleicht nur noch 1 Hundertstel wert waren Zur Not konnte er damit gerade noch ein Mittagessen bezahlen. Als er starb, besass die Witwe zwar noch das Haus, aber zum Leben war sie auf Sozialhilfe ange-wiesen. (Die 15 Schekel habe ich als Beispiel fingiert. Die Währung waren damals Pfunde, zuerst englische, dann israelische)

Sowohl durch meine Erziehung als auch aus eigener Überzeugung war das Streben nach sozialer Gerechtigkeit mein Ideal von Jugend auf. Dadurch gefiel mir das ganze nicht schlecht und ich fand es nicht einmal so schlimm, dass wir z.B. als Kibbuzärzte unter schlechtesten Bedingungen sehr schwer arbeiteten und einen Lohn, weniger als ein Autobuschauffeur, dafür erhielten. Ich machte auch nicht mit, als die Ärzte streikten, um mehr Lohn zu erhalten. Allerdings kam mir komisch vor, dass man als Arbeiter gegen die eigene Gewerkschaft streikt, weil diese der Arbeitgeber war. Mit der Zeit kamen mir doch Zweifel an der Art der sozialen Gerechtigkeit, wie sie hier zu verwirklichen versucht wurde. Was ist überhaupt soziale Gerechtigkeit, fragte ich mich. Kann man sie wie einen Kuchen teilen und jedem das gleich grosse Stück abschneiden? Die Regierung nimmt von dem, der mehr hat und gibt demjenigen, der weniger hat. Sozial gerecht kann es doch nur dann sein, wenn der, der mehr hat, freiwillig abgibt, und der, der erhält, mit Anstand nimmt. Da kam z.B. ein Nachbar, Elektriker bei einer Firma, und bittet mich um ein Arbeitsunfähigkeitszeugnis, „weil er den Monat Krankheitsurlaub noch nicht ausgenützt habe." Mit demselben Anliegen ein Lehrer aus Nazareth, „weil er seine Verwandten besuchen möchte". Oder: Eine Kollegin, Ärztin am Spital, und ich verspäten uns etwas wegen eines Notfalls, als wir am Abend in die Krippe des Spitals kommen, um unsere Kinder abzuholen. Die Kinder, 3-4 jährig tollen allein gelassen mit den Messern herum, die sie aus der Besteckschublade geräumt haben. Die Kinder-gärtnerin am nächsten Tag zur Rede gestellt:" Ich hatte Feierabend, ich bin einfach pünktlich gegangen, wie es mir zusteht. Mir ist es egal, wenn ihr euch über mich beklagen wollt. Ich bin ja fest angestellt."

Was mich am meisten erstaunte, war die Selbstverständlichkeit, mit welcher diese Zeugnisse verlangt wurden, im Ton: das ist doch Gesetz, also gebührt es mir." War vielleicht ich nicht normal, dass ich Hemmungen hatte, solche Gefälligkeitszeugnisse auszustellen?

Kunst und Kultur

Kunst und Kultur waren gross geschrieben, aber nicht erst im jungen Israel. Die grössten Musiker traten auf, lange bevor es einen Staat Israel gab. Toscanini hatte das philharmonische Orchester im Kino Edison in Jerusalem und in einem Kino in Haifa dirigiert. Weltberühmte Geiger wie Bronislaw Hubermann, Jascha Haifez waren aufgetreten, wahrscheinlich ohne Gage. Der junge Staat tat alles, um Kunst und Kultur weiter zu fördern, aber war dabei wohl auf den Idealismus der Künstler angewiesen. Woher hätte er das Geld hernehmen sollen, um diese Weltberühmtheiten zu bezahlen? Die Musiker des bestehenden philharmonischen Orchesters waren sehr schlecht bezahlt.

Mein erstes Kunsterlebnis hatte ich im ersten Jahr. Es war eine Theateraufführung im alten Amphitheater von Beth Shaan, die ich nie vergessen werde. Beth Schaan, das mir damals vorkam wie die Kulisse zu einem Western Film, hat ein antikes Amphitheater. Ich glaube das Stück hiess „Der gute

Mensch von Sezuan" von Brecht. Jedenfalls spielte es in China. Es war im Frühsommer, der Abend warm, am blauschwarzen Himmel der riesige Vollmond über der Bühne, wie man ihn oft in Israel sieht, als Teil der Kulisse. Die Schauspieler in chinesischen Kostümen, die Hauptdarstellerin, die berühmte Orna Porath, damals noch jung. Orna Porath ehemals Deutsche, sie hatte sogar, wie sie erzählte, der Hitlerjugend angehört, hatte nach dem Krieg einen Juden geheiratet und ist mit ihm nach Israel eingewandert. Sie spielt heute noch im Land.

Dein Sohn hat Grübchen

Vom ersten Moment an hatte ich das Gefühl, alle, die wir im Land leben, gehören einer einzigen grossen Familie an. Als wir nach einigen Jahren nach Petach Tiqua ans Beilinsonspital versetzt wurden, dem grössten Spital damals, empfand ich das besonders stark. Mein Mann arbeitete im Röntgen, ich selber an der neu eröffneten Augenabteilung. Neben den Instituten und Laboratorien besass es ca ein Dutzend Spezialkliniken, und ich hatte als Konsultantin Kontakt mit den Ärzten aller Abteilungen, aber auch mit allen andern Angestellten, Schwestern, Pflegern, Chauffeuren. Als ich nach der Geburt unseres zweiten Sohnes, Schamai, aus dem Gebärsaal gefahren wurde, warteten bereits eine ganze Reihe Schwestern draussen, um mich zu beglückwünschen. Eine rief begeistert: „Weißt Du was? Dein Sohn hat Grübchen! ich hab's gesehen." Bei der Beschneidung war der Gevatter, d.h. in Iwrith Sandak, Dr. Schatkai, der Direktor des Beilinsonspitals, übrigens der, der mich ans Beilinson geholt hatte.

Der Sohn mit den Grübchen war ein Lichtblick und Trost in einer sehr schweren Zeit. Mein Vater, sehr schwer krank, starb 6 Wochen nach seiner Geburt. Er war nur 64 Jahre alt. An seiner Beerdigung konnte ich nicht dabei sein. Wegen einer nachträglichen Geburtskomplikation musste ich als Notfall ins Spital eintreten. Unser Trost war, dass mein Vater doch einige Jahre im Heiligen Land hatte leben dürfen, wie er es sich immer gewünscht hatte, und noch das dritte Enkelkind, den Jungen mit den Grübchen, im Arm halten konnte.

Jerusalem

Als der Sohn mit den Grübchen drei Jahre alt war, zogen wir nach Jerusalem. Mein Mann trat eine Stelle als Chefarzt im Röntgen des Bikur Cholim Spitals an, selber arbeitete ich je halbtags am Hadassa Spital und dem Ambulatorium der Allgemeinen Krankenkasse, wie die Gewerkschaftskrankenkasse hiess. Als ich das erste Mal einige Jahre vorher in Jerusalem gewesen war, kam es mir mit seinen Steinhäusern wie ein grosser Friedhof vor. Jetzt fand ich es viel schöner und vor allem sauberer, und was mich am meisten freute, war das bedeutend kühlere und trockenere Klima. Den besonderen Charakter von Jerusalem nahm ich wahr, als ich an Freitagabenden spazieren ging. In

Haifa und Tel Aviv sah man die Menschen im Sommer auf dem Balkon sitzen und Karten spielen, in Jerusalem erblickte man durch die offenen Fenster meistens brennende Sabbathkerzen in silbernen Leuchtern und eine Bücherwand.

Im Ambulatorium der Krankenkasse wurde mir so richtig bewusst, welcher Schmelztiegel von Menschen verschiedener Abstammung, Sprachen und Mentalitäten eigentlich Israel war. An einem Morgen behandelte ich einmal zwanzig Patienten, die aus verschiedenen Ländern stammten. Die Mentalitätsunterschiede waren eklatant, schon allein, wie die Patienten ihre Beschwerden schilderten Ich erinnere mich. an einen alten Jemeniten, der mir, als ich ihn fragte, was ihm fehle, zur Antwort gab:"Das musst du doch wissen, du bist die Ärztin.". Ob er Schmerzen habe? Nein, Gott sei Dank nicht. Ob er schlecht sehe? Nein, Gott sei Dank nicht. Ich beginne ihn schliesslich zu untersuchen und stelle fest, dass er an Nachtblindheit leiden muss. Ich frage ihn: „ Siehst du schlecht in der Nacht.?" -" In der Nacht schlafe ich."- Ich werde ungeduldig. „ Warum kommst du denn überhaupt zur Untersuchung?" Da wird er zornig: „ Ich bin doch Mitglied der Krankenkasse, oder vielleicht nicht?"

Ein Frau aus Polen, sie redet jidisch. „Ach, Herr Doktorin. Ich bin so unglücklich. Habt Erbarmen mit einer armen, alten, kranken Witwe!" - „Was fehlt Ihnen? Haben Sie Schmerzen? "- „Nein, Gott sei gelobt, Schmerzen habe ich keine!"- „Sehen Sie schlecht? "- „ Nein, Gott der Ewige sei gelobt. Ich sehe ganz gut." „ Was führt Sie dann zu mir? "- "

Seht Herr Doktorin, ich bin eine arme, alte Witwe!
Ich will nur eine wenig getröstet werden"!

Der 6-Tage –Krieg

Drei Jahre nach unserem Umzug nach Jerusalem
brach der 6-Tage-Krieg aus.
Inzwischen war Israel 19 Jahre alt geworden, also
schon erwachsen, und so müsste ich meinen
Bericht über das Leben im jungen Israel beenden.
Das will ich tun, doch muss ich doch noch einiges
hinzufügen über dieses Ereignis, das sich wie eine
Zäsur im Verlauf der Geschichte Israels ausnimmt:
Der 6-Tage-Krieg. Mit diesem Krieg nahm die
Geschichte Israels eine neue Richtung an.
Worüber ich berichten will ist, wie ich den Krieg
erlebte und ein paar Highlights rund um den Krieg,

Am 2.Juni, um 10 Uhr morgens, am Tag des
Kriegsausbruchs, trat der Chef der Augenabteilung
in der Hadassa mit den Worten zu mir: „Es ist Krieg.
Fahren Sie hinunter zu Ihren Kindern. Dort ist jetzt
Ihre Aufgabe." Mit dem letzten, noch verkehrenden
Autobus fuhr ich also nach Hause. Aus dem Radio
wurde die Bevölkerung aufgefordert, Sandsäcke zu
füllen und um die Häuser zu lagern, die Fenster mit
Papierstreifen zu bekleben und einen Raum ohne
Aussenwände im Innern des Hauses für den
Aufenthalt der Familie bereitzustellen. Unser
Nachbar, Herr Ganan, übrigens damals der be-
kannteste Fotograf im Land, er hat alle Prominenten
fotografiert, besorgte das Fensterscheiben-

bekleben. Einen geschützten Innenraum, ein kleiner Korridor, fanden wir in seiner Parterre-Wohnung unter unserer. Unsere Tochter war, von der Schule aus geschickt, in den Kindergarten geeilt, um ihren kleinen Bruder, abzuholen. Inzwischen hatten die Jordanier zu schiessen begonnen. Meine Mutter und ich füllten Sandsäcke bis die Geschosse, die neben uns einschlugen, so dicht aufeinander folgten, dass wir uns in Lebens-gefahr befanden. Wir flüchteten in den kleinen Korridor bei Herrn Ganan. Die Strassen waren inzwischen menschenleer geworden und unser 12 –jähriger Sohn war noch nicht nach Hause gekommen. Die Sorge um ihn brachte mich fast um. Um 2 Uhr brachten ihn endlich zwei Männer der Heimwehr nach Hause. Sie hatten ihn auf dem Schulhof aufgegriffen, wo er mit Kameraden Fuss-ball gespielt hatte. Im Radio wurde ununterbrochen israelische Musik gespielt, Militärmärsche und u.a. das Lied vom kupfernen und goldenen Licht von Jerusalem, das kurz vorher bei der Eurovision den ersten Platz errungen hatte. Vom Krieg kam kein einziger Bericht, nicht die kleinste Nachricht. Ununterbrochen folgten die Schüsse von Osten aus der Altstadt. Zum Glück funktionierte das Telefon und so bekam ich selber regelmässig Bericht durch meinen Mann im Spital. Sie lauteten: die ersten Verwundeten sind eingetroffenes sind schon über zwanzig.... es sind schon fünfzig....wir haben die Klagemauer eingenommen...Das ist die West-mauer vom Tempel, der im Jahre 70 der Zeitrechnung von den Römern zerstört worden war. Ich schrie: "Klagemauer! das sind doch nur Steine! Ich brauche keine Klagemauer! Sie ist das Leben eines einzigen Soldaten nicht wert!"

Nach zwei oder drei Tagen, ich erinnere mich nicht mehr genau, hörten wir, dass das israelische Militär unter Eser Weizmann die ägyptische Flugwaffe vollkommen zerstört hatte. Ein Offizier, zufällig Bruder einer Krankenschwester, mit der ich zusammen arbeitete, hatte ein Telefongespräch zwischen Nasser und Hussein von Jordanien abgehört. Darin hatte Nasser mit Hussein vereinbart, die Bombardierung von Tel Aviv im Radio melden zu lassen, obschon er kein einziges Flugzeug mehr hatte. Am sechsten Tag durften wir aus dem Haus bezw. in unsere Wohnung gehen. Wir fanden nur unseren Balkon von einem Geschoss beschädigt. Wäre ich hingegen in dem kleinen Behandlungsraum geblieben, wo ich als Augenärztin arbeitete, wäre ich nicht am Leben geblieben. Ein Geschoss, das die Fensterscheibe durchgeschlagen hatte, hätte meinen Kopf durchbohrt.

Und die Highlights:

Vor Kriegsausbruch wurde die Rede von Levi Eschkol, damals Ministerpräsident, übertragen, er stotterte dabei. Aber als Highlight empfand ich die Worte von Menachem Begin, dem Präsident der Rechtspartei Cheruth, ich glaube der Chef der Opposition, erbitterter Gegner der regierenden Arbeiterpartei und Ben Gurions . Sie lauteten etwa so:" Differenzen der verschiedenen Parteien sind jetzt ganz unwichtig. Wichtig ist nur, dass wir jetzt zusammenhalten."

Ein anderes Highlight: Dass Israel siegreich aus dem Krieg hervorgehen wird, hatte kaum jemand erwartet. Im Gegenteil die Regierung rechnete mit vielen Toten. So wurde angeordnet, viele Gräber bereitzustellen .Ein Augenzeuge berichtete: „Ich kam an einem grossen Feld vorbei, das sah vollkommen schwarz aus. Beim Näherkommen sah ich, dass es die schwarzen Kaftane von Thorastudierenden waren. Die, die sonst keinen Militärdienst leisteten, beteiligten sich auf diese Art am Krieg, indem sie Gräber aushoben."

Ein anderes Highlight: Die zurzeit des Krieges anwesenden Musiker, Dirigenten und Solisten verliessen bei Ausbruch des Krieges das Land nicht. Im Gegenteil. von Europa und Amerika kamen die bekanntesten Künstler und verbrachten die Zeit des Krieges im Land. Einer von ihnen war Isaak Stern, der ein Konzert gab, als noch kein Soldat entlassen worden war. Er war mit der ganzen Familie gekommen. In den Pausen stieg er vom Musikerpodium hinunter und mischte sich unter das Publikum. Es war als ob alle die 4000 Menschen im Binjanei Hauma, dem grossen Konzertsaal von Jerusalem, zu einer einzigen Familie gehörten.

Euphorie der Freiheit

Diese Glückseligkeit, man befand sich fast in einer religiösen Ekstase, diese Dankbarkeit über den glücklichen Ausgang des Krieges, den niemand erwartet hatte und der als ein Wunder angesehen wurde, vereinte das ganze Land, nicht nur Juden, auch Drusen, die als Soldaten den Krieg mitgemacht hatten und stolz waren über ihre Leistungen, auch Araber aus Ostjerusalem, besonders christliche. Diese freuten sich besonders über die Öffnung der Altstadt von Jerusalem, so konnten sie ihren früheren jüdischen Nachbarn vor 1948 wieder begegnen. Man lud sich gegenseitig ein, es wurden Freundschaften geschlossen. Unsere neuen arabischen Freunde – ihre Kinder hatten jüdische Namen - mussten wir allerdings aus der Jerusalemer Altstadt mit unserem Auto mit israelischem Nummernschild abholen und zurück-bringen, denn sie fürchteten Racheakte eigener Leute, dass sie sich zu jüdischen Freunden in Israel begeben.

Es war der moralische Höhepunkt des Landes, ein Höhepunkt, den es seit der Staatsgründung nicht gegeben hatte. Die Menschen überboten sich an Freundlichkeit und Hilfsbereitschaft auch gegen-über Fremden auf der Strasse. Man befand sich wie in einem Glückstaumel.

Die Holzwand, die mitten in der Stadt am Ende der Prinzess Mary – Strasse Jerusalem zweigeteilt hatte, wurde entfernt. Jerusalem war plötzlich offen, Keine Wand mehr, hinter welcher sich Feindschaft und Gefahr befand. Die Kirchenglocken aus der Altstadt und das Gebet des Muezins um 4Uhr morgens empfand ich als etwas Freundliches und Beruhigendes. Was der Muezin dabei verkündete, wusste ich allerdings nicht.

Die Euphorie nahm aber dann nach einigen Wochen ab, als die ersten Bombenanschläge be-gannen. Bomben auf dem Markt mit 12 Toten und vielen Verletzten, darunter auch Araber, ein Vater und sein Sohn, den ich im Spital behandelte, Bomben im Supermarkt, in Abfallkübeln vor dem Bikur Cholim – Spital, eine Bombe in der Cafeteria der Universität. Dann kam es zur Frage der Rückgabe der eroberten Gebiete, die mit Nachdruck vor allem von Frankreich, De Gaulle, gefordert wurde. Auf der einen Seite erfreute sich die Zivilbevölkerung – ich empfand es ebenso - am nie gekannten Gefühl der Sicherheit, waren doch die engen Grenzen weiter gerückt, der Feind war nicht mehr so hautnah. Man freute sich an der neuen Freiheit, man konnte in die arabischen Gebiete fahren, die jüdischen historischen Stätten besuchen. Juden suchten die Orte in der Jerusalemer Altstadt auf, wo sie vor 1948 gewohnt hatten, die Universität und das Hadassa Spital auf dem Skopusberg wurden in Betrieb genommen. Das alles wieder aufgeben?

Und dann wäre Israel wieder in derselben Situation wie vor dem Krieg, ein winziges Land, an einer Stelle gerade 17km breit, zwischen dem Mittelmeer und feindlichen Nachbarn, die es zerstören wollten. Andererseits, so verstand ich es damals und schrieb in diesem Sinn einen Leserbrief an die Weltwoche: Die eroberten Gebiete konnten als Pfand angesehen werden bei Friedens-verhandlungen. An einen Palästinenserstaat dachte niemand. Im Gegenteil. Gleich nach dem Krieg beeilte sich Israel für die besetzten Gebiete,
- in Ostjerusalem unter Teddy Kollegs Vizebürgermeister von Jerusalem, Meron Benvenisti -, eine Infrastruktur wie in Israel aufzubauen, den Arabern

normal bezahlte Arbeit zu geben, so dass man annahm, dass sie die viel besseren sozialen Bedingungen erkennen und zu loyalen israelischen Bürgern wie die israelischen Araber würden. Was damals wenige erkannten, war der aufgekeimte palästinensische Nationalismus, dessen Wortführer Arafat war.

Inzwischen war Israel 20 Jahre alt geworden, immer noch jung, aber doch schon erwachsen. Weiter kämpfte es um seine Existenz, aber von einer andern Warte aus. Eines war mir klar: Ohne Idealismus hätte Israel nicht aufgebaut werden können. Und ohne Einigkeit, wie sie Begin damals zu Beginn des 6-Tage-Kriegs gefordert hatte, hätte es die Kriege nicht gewonnen.

Manchmal erinnere ich an mein erstes Geschenk nach meiner Ankunft in Israel : an die Bonbondose aus Blech, auf welcher rundum ein bunter Reigen aufgemalt war, wo Juden der verschiedensten Herkunft sich an den Händen halten und zusammen tanzen:

Ich wünschte mir, dass sich heute die verschiedenen Parteien ebenso an den Händen halten und gemeinsam rundum um das Wohl von Israel einen harmonischen Reigen bilden würden.